ろまんちつく

奥山和弘

Parade Books

目次

「おぬしは、どうしてここを受けたんだ？」

それが、杉崎一樹《すぎさきかずき》が志摩貴久《しまたかひさ》からかけられた最初の言葉だった。

「……雪に憧れました」

「旅人の発想だな。こっちの人間には言わん方がいいぞ。——しかし、ならば北海道でも東北でもよかったではないか」

「受験雑誌のグラビアに、お城の石垣が出ていたんです」

「石川門か」

「いえ、何気ない学生生活の背景に、当たり前のように石垣が写っていたんです。それが、いかにも、城跡に過ぎゆく青春の日々、という感じで……」

「……つくづくロマンチストだな」

昭和五十二年。

金沢大学は、世界に二つしかない「お城の中の大学」だった。

一　素質

背後でドアが大きな音をたてた。それだけで分かった。

「杉崎君、今からおぬしの下宿に行こう」

唐突な切り出し方も、いかにも志摩らしい。

「いや、おぬしという人間をもっと知りたくてな」

よしてくださいよ、そんな言い方。

一樹は心の中でつぶやいた。

「じゃ、駐車場で」

一方的に伝え、廊下に消えた。ドアの音がまた研究室に響いた。友人たちが「お気の毒さま」という顔を向けてよこした。夏休み前の最後の講義が終わり、飲みに行くことになっていたのだった。

志摩は大学院修士課程の二回生で、三歳上になる。市内の実家から車で通っている。

周りからは「変わった人」だと言われている。「おぬし」などという二人称を冗談ではなく使う。一人称は「わし」だ。髪を短く刈り、眉は太く、銀縁の眼鏡の奥に鋭い目が光る。薄い唇はニヒルな殺し屋を思わせる。短髪は三島由紀夫を意識したものだろうと言う人もいる。

コーヒーをいれて戻ると、志摩は本棚を覗いていた。

「勝手に見ていたぞ」

「お恥ずかしい内容ですが」

炬燵《こたつ》の角を挟む位置にカップを置く。今は布団を外してあるが、炬燵が一年中机代わりだ。

「確かに、啓蒙書《けいもう》の類《たぐい》が多いな」

腰を下ろし、ワイシャツのポケットから「ショートホープ」とライターを抜き出した。

一樹は灰皿を二人の間に滑らせ、「チェリー」とマッチをバッグから取り出した。

「いつからだ？　煙草《たばこ》」

「大学に入ってからですけど……」

「いや、おぬしに煙草は似合わん気がするからな」

「喫茶店でマッチをくれるじゃないですか。初めのうちは記念にもらっていたんですけど、折角《せっかく》だから使おうと思ったんです」

　喫茶店に入ったのも大学生になってからだ。記念とはそういう意味もあった。

「変わった動機だなぁ。で、その記念というのがあれか？」

　入口の障子戸の上を顎で示した。鴨居にマッチ箱が並べてある。

「『ローレンス』もあったな」

　五木寛之がよく通った喫茶店だ。直木賞受賞の電話もここで受けたという。

「『若葉』もありますよ」

　やはり五木が好んだおでん屋だ。だが、言ってから、志摩には縁がないかもしれないと気づいた。

「――富士山に登った人が、山頂の石を記念に持ち帰ったりする。だが、そんな行為は、エスキモーには理解できないだろうと、本多勝一が言っとる」

　鴨居を見上げたままで言う。

「そういう実用に役立たないものに意味を認めるところに、高級な文化の芽生えがあるんだそうだ。してみると、実用に役立ててしまったおぬしは、文化的には後退したことになるな」

　冗談めいた調子で言って、視線を戻し、

「記念という発想はわしも理解できんがな。あとで処分に困るだけじゃないか」

苦笑するしかない。一樹はその手のものを多く残している。

「わしは、高校一年だった。『それから』を読んで、吸おうと決めた」

そっちの方がよほど変わっているではないか。

「代助が三千代を呼び出して、自分の想いを告白しようとする。だが、なかなか決心がつかない。なにせ、親友の妻だからな。『何か御用なの？』と三度も訊《き》かれ、いよいよ追い詰められる。その時、『まあ、ゆっくり話しましょう』と言って、煙草に火をつけるんだ。そうか、こういうときには煙草がないと間が持たないんだと、わしは悟った」

それは杞憂《きゆう》というものでしょ、と言ってやりたくなった。だが、まだそこまで親しいわけではない。

志摩は、学部の研究室に顔を出しても、他の院生のように雑談に加わったりはしない。酒は飲めないらしく、コンパにも一度も出たことがない。だから接点はほとんどなかった。ところが、この六月に特別講義があり、一樹はその講師を駅に迎えに行くよう助教授から依頼された。それがなぜか志摩と二人でということだった。その時に初めて言葉を交わしたのだが、以来、志摩の方から何かと声をかけてくるようになった。

「僕も、映画で、いいなと思った場面があります」

そちらに話をつなげることにした。

「『スケアクロウ』、観《み》ました？」

「いや」

「簡単に言えば、タイプが全く異なる二人の男の友情物語です。ヒッチハイク中に出会うんですが、一人は刑務所を出て故郷に帰る男、もう一人は久しぶりに陸に上がった船乗り。煙草の火を切らした刑務所帰りに、船乗りが一本だけ残っていたマッチを差し出す。風が強くて、二人は身体《からだ》を寄せ合って、火をつける。それから奇妙な二人旅が始まるんです。やがて、刑務所帰りが、故郷で仕事を始める予定だが相棒にならないかと誘う。『どうして俺なんだ』と訊く船乗りに、『最後のマッチをくれた』と――」

「……なるほどな」

どこか嬉しそうな顔をして、短くなった煙草を吸った。

「ところで、どうして今ごろ中島敦なんだ？」

志摩は炬燵板の隅に置いてあった角川文庫に手を伸ばした。

「鮎井《あゆい》先生に頼まれたんです。『山月記』に出てくる漢語を一〇〇語ほど抜き出して――」

文庫と一緒に積んであった三種類の漢和辞典を示し、

「それらで引き比べて、気づいたことをレポートしてくれ、と」

「なんじゃ、それは」

「先生は、M社の編集委員なんです。それで、売り込みの材料にしたいんだそうです」

「学問的じゃないなぁ」

早くも興味が失《う》せたように文庫を置いた。

「しかし、小説の語句を漢和辞典で引く高校生なんているかね」と、カップを手にする。

「漢文に限らず、国語学習に広く活用できるということもアピールしたいようなんです」

鮎井助教授の専門は国語学だ。東京の女子高校でキャリアをスタートさせ、文化庁で国語施策に携わった経歴もある。

「でも、改めて読んでみると、『山月記』で覚えた言葉がたくさんあることに気づきました。『怏々《おうおう》として楽しまず』とか『久闊《きゅうかつ》を叙す』とか。使うことはなさそうですけど」

志摩はカップを置くと、

「気に入った言葉は、意識して使うことで自分の語彙になる。中島敦も、芥川からもらった言葉を使っとるぞ」

「え、どんな?」

「黒洞々《こくとうとう》」

『羅生門』のラストシーンに登場するその語は印象深い。洞穴《ほらあな》のように真っ暗な、という意味だ。

「『狼疾記《ろうしつき》』の中に、生というものは黒洞々たる無限の時間と空間の間を走る閃光《せんこう》だ、というような一節がある」

「闇の中の閃光というのも芥川っぽいですね。でも、それだけでは、『羅生門』からだとは言い切れないんじゃないですか？」

「おぬしは、ほかに『黒洞々』が使われている文章を見たことがあるか？」

「いえ……」

そもそも読書量自体が多い方ではない。

「『黒洞々』は、おいそれとお目にかかれるような言葉じゃないんだよ。芥川にしてからが、鷗外の翻訳物から借用したのだろうと言われている。まァ、中島が直接鷗外に学んだ可能性もないわけじゃないがな。やつは、大学院で鷗外を研究したからな」

ぽんぽんと新しい知識が投げかけられた。志摩は近代文学が専門というわけではない。院生の凄《すご》さを見せつけられたような気がした。

「だがな、その『狼疾記』の中には、スイッチョが出てくるんだよ」

「スイッチョ……ウマオイですよね」

「真っ白な皿の上に、鮮やかな緑色をしたスイッチョが一匹とまって、静かに触角を動かしている。そうして、いつの間にか、いなくなる」

「あ、『きりぎりす』ですね！」

芥川はきりぎりすを羅生門の柱にとまらせ、やがてその姿が見えなくなったと書いて、時間の経過を表している。

「こういう証拠が揃えばクロだろ？」

「黒洞々だけに？」

志摩は鼻先で笑った。

「……で、成果はあったのか」

義理で訊いてみたという感じだ。

「一〇〇語ということなので、普段は辞書に当たることもないような言葉も引いてみたんですが――」

一樹は大学ノートを開いて示した。思いついたことなどをメモするために近くに置くようにしている。筆記用具はBの鉛筆だ。シャープペンシルでは、勢いづいている時に折れてしまい、折角のひらめきが失われることがある。そういうことも含めて鮎井から学んだ。

臆病　M社　㊗胆力がなく、少しのことにも恐れる。勇気がない。気が小さい。
　　　S社　㊗勇気がない。気が小さい。おじけること。
　　　T社　㊗胆力がなく、ちょっとした物事にもおじ恐れること。勇気のないこと。小胆。

「どれにもマル国という印がついていますが、これは、日本語としてだけ使われる意味ということです。もともと『臆』という漢字には『怖気《おじけ》づく』という意味はなかったようなんです。『胸臆を開く』とか『臆』とか『臆測』のように、『胸』や『推し量る』という意味だけで」
「『臆したか、武蔵』なんてのは、日本だけの用法ということか」
「ええ、だから、『臆病』という言葉自体が日本独自のものなんです。——それで、今度は、こっちを見てください」

卑怯　M社　①勇気がない。おくびょう。
　　　　　　②正々堂々としていない。卑劣。
　　　S社　①勇気がない。おくびょう。
　　　　　　②気だてのいやしいこと。卑劣。

T社　①気が弱くて物事を恐れる。勇気のないこと。臆病。
②心ざまのいやしく曲がっていること。

「どれも、①は『臆病』と同じです。確かに重なるところもあるとは思いますが、でも、やっぱり、臆病と卑怯は違いますよね」

「どう違うと思う？」

眼鏡の奥から試すような視線を向けてくる。

一樹はノートを手元に引き寄せ、

「国語辞典にも当たってみたんですが、やっぱり似たようなものでしたから、少し自分なりに考えてみました」

別のページを開き、メモを見ながら、

「臆病は、性格の一端にすぎないけど、卑怯は、生き方そのものが表れている気がします。ですから、臆病者と言われたら、克服しようとしたり開き直ったりすることもできますが、卑怯者と言われたら、立ち直れません」

「なるほどな」と含み笑いを浮かべる。

「また、譬《たと》えて言えば、臆病は、なかなかリングに上がろうとしない。卑怯は、リングには上がるけど、隠し持っていた凶器を使う」

今度は軽く吹き出した。だが、コメントは少なかった。

「――それで、卑怯にしかないニュアンスを②で示したんでしょうが、これ、もう少しなんとかならないものでしょうか」

「確かに、『卑』と『怯』に分解して、①で『怯』を言い換え、②で『卑』に触れただけだな。しかも、『いやしい』なんて、ただ訓読みしたにすぎん。同語反復に等しい」

「その点、Mの『正々堂々としていない』は少し踏み込んでいる感じです」

「鮎井先生も喜ぶだろう」

志摩はそこで二本目の煙草に火をつけ、

「卑怯とは、フェアではないやり口で利を手中に収めることだからな。だが、臆病は、己の益にはならんことの方が多い。――ただ、臆病ということは、必ずしも欠点だとは限らない。戦《いくさ》であらゆる事態を想定して万全の策を講じておくとか、戦になること自体を徹底して避けるとか。臆病であったがゆえに名将と呼ばれた人もいる」

こういう話の広げ方が志摩の魅力だ。

「英雄豪傑が鼠《ねずみ》を怖がったり女性から逃げたりするのも愛嬌《あいきょう》だ。だが、卑怯な振る舞いは、美しくない。臆病は君子の美質、卑怯は小人《しょうじん》の通癖――と、孔子も言っておる」

「ホントですか」

「ウソに決まっとるだろ。『臆病』は日本独自の言葉だと、おぬし言ったじゃないか」

澄ました顔で煙を吐いた。

志摩の言うことは、時々どこまでが本気か分からなくなる。

「もう一つ、気になったのがこれです」

一樹はノートの別のページを開いた。

「『素質』についてのTの語釈です」

素質　①白色の地質
　　　②もともっている性質
　　　③㊍ある事に適した性質

「MとSはどちらも『生まれつきの性質』を最初に挙げているんですが、Tはそれを②に回して、まず『白色の地質《ちしつ》』を挙げているんです。これにはギョッとしました」

「『ちしつ』じゃなく、『じしつ』だろ。『ちしつ』じゃ、地学用語だ」

「そうだと思っていました。白い地層か何かだと」

志摩は苦笑のようなものを浮かべ、

『素』の部首は糸だ。染める前の白い糸のことだったんじゃないかな。そこから『白い』という意味も表すようになった。それで、もとのままの白い状態のものを『素質』と言ったんだろうな」

「白い布とか？」

「たぶんな。――ん、そういえば、女性の白い肌を指した例があったぞ」

「白い肌!?」

思わず声が上ずってしまった。

「それも、かの乙姫《おとひめ》のだよ。『古事談《こじだん》』――奈良から鎌倉にかけての秘話や奇譚《きたん》の類を集めた本だ。ただし、蓬萊山《ほうらいさん》に住む神女ということで、『乙姫』という名は出てこないがな。浦島太郎も『浦島子《うらのしまこ》』だ」

「浦島の話ではあるわけですね」

「浦島伝説は、『日本書紀』や『風土記』『万葉集』にすでに記されているが、それぞれ内容が違う。その後も様々に書き換えられていくんだよ。亀の報恩譚《たん》になってしまうのも、ずっと後世だ。『古事談』では、亀は神女の化身ということになっている」

「え、亀と乙姫はイコールなんですか」

「神女と浦島子は、前世で夫婦《めおと》の契りを結んでいたんだが、仙界と人間界に隔てられてしまった。それで、神女が亀に姿を変えて迎えに来るという、壮大なラブストーリーなんだよ。しかもだよ、彼女には笑窪《えくぼ》があって、その美しさは、流れ星が天の河に流れるようだったというんだから、シビれるだろ」

「……スケールが大きすぎて、ちょっとピンときませんが」

「なにせ神女だからな。しかし、まァ、せめて、西湖《せいこ》に生じた漣《さざなみ》くらいにしてほしくはあるな」

それが中国三大美女の一人と言われる西施《せいし》ゆかりの湖だということは一樹も知っていた。

「万葉の島田陽子といったところですね」

「とたんに俗に堕《だ》したな。だが、それを言うなら藤純子だろう」

「藤純子に笑窪ありました？」

「あるんだよ、右頬に」

志摩の意外な側面が仄《ほの》見えた気がした。

「それにしても、気になるのは、この『素質』の①②と、『卑怯』の①②とでは、並べるルールが違うんじゃないかということです」

「ん？　どういうことだ」

『卑怯』の方は、同時に①と②の両方の意味があったと思うんですが、『素質』の方は時間差があって、①が原義で、そこから後に②の意味が生まれたんだと考えられますよね」

「ああ、なるほどな。横の軸と縦の軸が混在しているわけか」

「ですから、その区別を明確にした方がいいんじゃないでしょうか。それに、僕たちが辞書を引く時に一番欲しい情報は、一般的にはどの意味で使われるか、ということでしょ？　ですから、それぞれの語釈の冒頭に《本来は》《転じて》とか、《一般的には》《特に》などの付記があると助かると思うんです。文字数の制限もあるでしょうから、略号でもいいわけですから」

「……鮎井先生がおぬしを買っている理由がなんとなく分かったよ」

嬉しいコメントだった。

二　欠けるところ

「卒論は決めたのか?」

「いえ。……ただ、戯作《げさく》に興味をもっています。黄表紙とか」

「マンガとの関連か?」

一樹の背後に視線を移しながら言う。スチール製の本棚が三つあるが、一つはマンガで占められている。黄表紙は絵と文章からなる江戸時代の読み物で、マンガに近いという説明がよくなされる。

「何がお勧めだ?」

「え、読みますか?」

「いや、訊いてみただけだ。おぬしを知るためにな」

またそれですか。

「まずは、『子連れ狼』でしょうね。原作の小池一雄がすごいんです。当時の制度とか、組織、慣習などが徹底的に調べ上げられているんです。その史料的正確さは、東大史料編《へん》簒《さん》所のお墨付きなんだそうです。そうした『実』の上に、様々な身分や地位、境遇、あるいは事情をもった人たちの、悲願や節義、忠や信などに関わる壮烈な、また哀切な『虚』の物語が展開するんです」

「ならば、黄表紙より読本《よみほん》だろ。『南総里見八犬伝』『椿説弓張月《ちんせつゆみはりづき》』」

「馬琴ですか……」

志摩の言う啓蒙書の中に、滝沢馬琴の世界は劇画に似ていると書いたものがあった。若い読者を意識した迎合的な言辞なのだろうと思っていたが、あながちそれだけでもないのかもしれない。


「例の『欠けるところ』って、何だと思います？」

コーヒーの残りを口に流し込んでから言った。

「やめとけ。その謎解きにとらわれると、本質を見失う」

「でも、授業では必ず考えさせるんじゃないですか？」

「おぬしは、どう習った？」

「人間性の欠如、だったと思います」

志摩は、ふんと鼻先で笑って、

「やっぱりな」

中島敦の『山月記』は「隴西《ろうせい》の李徴《りちょう》は博学才穎《さいえい》――」と、格調高く語り出される。

李徴は若くして科挙試験に合格した秀才であった。だが、任じられた官職に満足できず、むしろ詩人としての名を後世に遺《のこ》そうと、職を辞してひたすら詩作に励む。ところが、経済的に困窮を来し、妻子を養うために再び地方の下級官吏の職に就く。かつては歯牙にもかけなかった同輩たちが上司になっている。自尊心の高い李徴には屈辱以外の何物でもなかった。ある日、出張した際に発狂し、そのまま行方知れずとなる。

翌年、李徴の旧友であった袁傪《えんさん》が、旅の途上で人食い虎に襲われかける。それは、李徴の変わり果てた姿だった。李徴は茂みに身を隠したまま、これまでの経緯を語り始める。そして、今なお記憶している自作の詩を伝録してほしいと依頼する。袁傪はそれらに第一流の素質を認めながらも、第一流の作品となるためには、「どこか欠けるところがあるのではないか」と感じる――。

「で、今はどう思う?」

「よく言われることですけど、作者の人間性と作品の価値は、やっぱり別なんじゃないでしょうか。啄木や中也なんかは、周りからすれば、傍《はた》迷惑というか、とんでもないやつだったようですけど、その作品は一流ですよね」

石川啄木が傲岸不遜であったということや、周囲に金銭的な迷惑をかけたという話は有名だ。それも生活苦からだけではなく、遊興費にも多く充てられたという。また、中原中也は、飲めば誰彼かまわず議論や喧嘩を吹っ掛け、周りを辟易《へきえき》させた。ビール瓶で殴られた人もいるし、そのために潰れた店まである。

「太宰なんかは、愛人を殺したようなもんだ。だが、第一回芥川賞の選考で、川端康成に『作者目下の生活に厭《いや》な雲ありて』と言われて、憤怒《ふんぬ》に燃え上がった。川端を『大悪党』と呼び、『刺す』とまで言っとる」

「太宰は激怒した、わけですね」

『走れメロス』の冒頭を模した。

「――よし、今から授業を始めよう」

何やら大ごとになってしまった。だが、そんな唐突な提案にも慣れてきた。

「初めに、はっきりさせておくが、おぬしは『山月記』が唐代の伝奇小説『人虎伝』を粉《ふん》本《ぽん》としていることは知っとるな」

「ええ、この文庫にも資料として収められています」

「作品へのアプローチとしては、その原典と比較して、中島が削ったものや加えたもの、変更した点などを検討するという方法もある。しかし、今は、そうしたことには触れない」

「はい」

「それから、中島の生活や人生にも立ち入らない。例えばだな、『欠けるところがあるのではないか』というのは、己の作品に対する中島自身の不安を吐露したものだ、というような考え方は取り上げないということだ」

「『山月記』の本文だけで考えるということですね」

「そうだ。作者のプロフィールとか、文学史的位置付けなどを最初に解説してから作品に入る教師もいるが、それでは先入観を与えてしまう。それに、フェアじゃない」

「フェア？」

「それをやると、教師が圧倒的優位にあると宣言しているようなものだ。作品の解釈や評価は定まっており、今からそれを君たちに教えてやるのだぞ——みたいにな。基本的には対等な立場で、これから作品に向き合っていこうというメッセージを与えないと、生徒の意欲を損なうだろ」

そういう考え方もあるのか。

志摩は八月に実施される石川県の教員採用試験を受けるという。現実的な視点から授業というものを考えているようだ。

「だから、本文で実際に使われている言葉を根拠に――専門用語で言えば、叙述に即して、生徒と共に考える」

やはり教職に就くつもりでいる一樹も、将来に向けたヒントをもらったような気がした。

「さて、そこで――ちょっと、それ貸せ」

志摩は大学ノートを手元に引き寄せ、新しいページに書きつけた。

ア　愛や人間性の欠如

「まず、おぬしが習ったという、これだ。おそらく日本中の高校で最も多く語られているものだ。では、この解釈は、何を根拠に生まれた？」

「それは……李徴自身が、虎になった理由を分析してみせた箇所ですよね」

李徴は、別れ際に、妻子の生活援助を袁傪に依頼する。だが、たちまち自嘲的な調子になり、「ほんとうは、まず、このことのほうを先にお願いすべきだったのだ、己《おれ》が人間だったなら。飢え凍えようとする妻子のことよりも、己《おのれ》の乏しい詩業のほうを気にかけているような男だから、こんな獣に身を堕《おと》すのだ」と吐き捨てる。

ここから、そのような男が作った詩だから、人間的な温かみや愛情が感じられなかったのではないかと推測されてきた。

「しかしだよ、これは、あくまでも李徴がそう言っとるだけだろ。これが事実だという保証はあるか？　李徴は本当に妻子のことを顧みなかったのか」

「え？」

「序には、どうあった？」

この小説は、李徴の人物像やその生涯を概説した序のような部分と、旧友の袁傪が李徴の告白を聴く本章的部分とから成る。その序の部分には、一旦は官職を捨てた李徴が「妻子の衣食のためについに節を屈して」再び奉職した、とある。そちらに従えば、李徴は妻子のことを全く顧みなかったわけではない、ということになる。

ぐらりと足元が揺れたように感じた。

「普通は、序で書かれていたことが、李徴の告白によって修正されていると考える。例えば、序では発狂したと記されているが、実は虎になっていた、とかな。ところが、逆に、序があることによって、告白の信憑性《しんぴょうせい》が問われることにもなるのだよ。回顧や告白には、どうしても感傷が伴い、自己劇化や自己正当化が起こりがちだからな」

厳しい指摘だが、そういうものかもしれない。

「序と告白という二部構成によって、互いに相対化されているということだ。それに、虎になってからの李徴も、妻子のことを気にかけていたと考えられるふしがある」

「え？」

同じ反応しかできない。

「やつは、自分の詩については『遺稿の所在ももはや判《わか》らなくなっていよう』と、推測のかたちで語っている。ところが、妻子については『いまだ虢略《かくりゃく》にいる』と断言している。なぜ知っているんだ？」

「妻子に会いに行ったことがある、ということですか？」

「会ってはおらんがな。一日に千里を走る虎だ、気になって様子を見に行ったということになるだろう」

「……深読み、ということはありませんか？」

志摩は一瞬鋭い視線を向け、

「わしらが文学に向き合う際の基本は、『そこで用いられている言葉は、すべて意図的に選ばれている』という立場に立つことだ。芥川が『芸術活動は、どんな天才でも意識的なものだ』と言っとるのと同じだ。その言葉を用いたらどんな意味になるか、どんな効果が生じるか、ほかの言葉とはどう違ってくるか。そういうことを吟味し、検討した上で、最終的に選び取った言葉なのだという前提で読まなくちゃいかん」

また一つ教えられた。

志摩は再びノートに向かい、

「さて、そこで、逆にこういう解釈もあり得る」

イ　詩業に徹する覚悟の不足

「妻子のために断念してしまうような甘さがあったから、大成できなかった。妻や子が飢え凍えようとも、鬼となってひたすら精進するくらいでなければ、第一流の芸術は生まれない、という解釈だ」

芥川の『地獄変』を連想するが、にわかには受け容《い》れがたい。

「……この文脈で、そういう解釈になるでしょうか」

「理論上は、ということだ。確かに、おぬしの言う通り、この小説の流れからは違和感があるし、温和な性格だとされている袁傪にそういう発想があったとも思えない。もし、そんなふうに考えていたなら、妻子の生活援助の依頼に対して『涙を泛《うか》べ、欣《よろこ》んで李徴の意に副《そ》いたい旨を答えた』という反応にはならなかったはずだ」

志摩の言う「叙述に即して考える」ということが少し分かってきた。

「次に、もう一つ、よく挙げられるのがこれだ」

ウ　切磋琢磨の欠如（完成度の不足）

「これも、李徴自身の告白に基づく解釈だ」

李徴は「進んで師についたり、求めて詩友と交わって切磋琢磨に努めたりすることをしなかった」と振り返る。それは、「才能の不足を暴露するかもしれない」という危惧をはらんだ自尊心――「臆病な自尊心」のせいだったという。

「切磋琢磨しなかったから、作品が磨かれず、完成度に欠けていた――いかにも分かりやすい。序の部分にも『人と交《まじわり》を絶って、ひたすら詩作に耽《ふけ》った』とあるから、切磋琢磨の欠如は事実だと考えていいだろう」

「じゃあ――」

「叙述に根拠があるから妥当だと思うだろ？　ところが、逆なんだよ。本文にしっかり書かれているからこそ、この解釈は当てはまらない」

「え、どういうことですか」

眼鏡の奥から細い目で一瞥《べつ》された。

「それのどこが『微妙』だ？」

言われて、本文を確認する。


長短およそ三十篇、格調高雅、意趣卓逸、一読して作者の才の非凡を思わせるものばかりである。しかし、袁傪は感嘆しながらも漠然と次のように感じていた。なるほど、作者の素質が第一流に属するものであることは疑いない。しかし、このままでは、第一流の作品となるのには、どこか（非常に微妙な点において）欠けるところがあるのではないか、と。


欠けているのは「非常に微妙な点」でなければならないのだ。しかも、括弧書きで殊更に補足されている。

「もし、そんな分かり切ったことを『漠然と』『微妙な点』だとしか言えなかったのだとしたら、袁傪の感性や言語能力はその程度のものでしかないということになる。そんな人間の言うことを、まともに相手にする気になるか？　第一、才能だけでは一流になれないなんてことは、そこらのスポーツ少年はみんな知っとるぞ」

「確かに、ライバルとの切磋琢磨による主人公の成長は、少年マンガの王道でもありますしね」

天才花形満でさえ、星飛雄馬の大リーグボール一号を打つために、血まみれの特訓を重ねる。

「それに、その『欠けるところがある』ということに、李徴自身は気づいていないわけだろ」

「あ、そうか。本人も自覚しているような欠陥であるはずがないですね。——ということは、アも成り立たないということが、それではっきりしますね」

「本人が『人間らしさが足りなかった』『切磋琢磨しなかった』と自白しているのに、パイプを咥《くわ》えた名探偵が『何か微妙なものが欠けている』などと勿体《もったい》をつけておいて、『それは人間性だ、切磋琢磨による完成度だ』などと言おうものなら、道化にしかならん」

多くの国語の授業が容赦なく切って捨てられたことになる。

「だいたい、高校生あたりがホイホイと答えられるようなものであるはずがないんだよ」

確かに。

「——そうだ、そこに芥川の『文芸的な、余りに文芸的な』があったな」

一樹は立ち上がって、本棚から水色のカバーの講談社文庫を抜き出して渡した。

「読んだか？」

「いえ、まだ」

「だろうな。買った時のままの位置にこれが挟まれとる感じだ」

紙の栞《しおり》を抜いて示し、ページを繰る。

「鷗外について書いた箇所だ」

けれども先生の短歌や発句は何か微妙なものを失っている。詩歌はその又微妙なものさえ摑《つか》めば、或程度の巧拙などは余り気がかりになるものではない。が、先生の短歌や発句は巧《こう》は則《すなわ》ち巧であるものの、不思議にも僕等に迫って来ない。

「『何か微妙なものを失っている』──似てますね！」

「しかも、その前の部分には、『いずれも整然と出来上っている』『殆《ほとん》ど先生としては人工を尽したと言っても善い』と書かれている。形は完璧に整い、巧みに作り上げられている。しかし、何か微妙なものが足りない──袁傪の批評のパターンと瓜二つだ。中島は、間違いなくこれを意識している」

「黒洞々」や「スイッチョ」の〝前科〟がある以上、これもクロだ。

「その芥川にしても、鷗外が『失っているもの』が何であるか、言語化できないでいるんだからな」

文庫を置くと、

「休み時間にしよう。喉が疲れた」

「コーヒーはもういいですね。お茶にします」

一樹は階段を下った。

下宿は木造二階建ての長屋だった。全六住戸で、分譲として売り出されたものらしいが、今はほとんどが賃貸になっている。玄関ドアを開けると狭い三和土《たたき》があり、ガラス戸の先が四畳半、右手の階段を上がると六畳間という間取りだ。一樹は同じ国語国文学専攻の友人と、ここで共同生活を送っている。

台所へは下の部屋を通らないと行けないが、友人はまだ帰っていなかった。

三　空費

「そうか、静岡では、お茶と言えばこれか」

「そうか」と一樹も同じ言葉を発して、

「こちらでは、棒茶ですもんね」

茎の部分を焙《ほう》じた棒茶は金沢が発祥だという。

「受験の時に宿で出されて面食らいました」

「お茶の文化も相対化されとるわけか」

愉快そうに言って、茶碗を鼻先に運ぶ。

「まだ新茶の香りがするでしょ。実家が所属する共同組合で製茶したものなんです」

志摩はうなずいて、神妙な顔で啜《すす》る。

「……きんつばが食べたくなるな。『中田屋』の」

この町には和菓子の老舗も多い。だが、一樹には縁のないものだった。

「あのマッチ箱、女の子と入った店もあるんだろ？」

唐突に話題が飛んだ。

胸に痛みがよみがえった。夏が来る前に終わった恋があった。

「いえ」と答えておく。

「付き合っている子はいないのか？」

「残念ながら」

「どんなタイプが好みなんだ？　――あんな感じか？」

本棚とは反対側の壁を顎で指す。映画『花心中』のポスターが貼ってある。中野良子が唇に白い花を挟んでいる。

「これは、原作となった劇画の関係でもあるんです」

「じゃ、研究室に気になる子はいないのかね」

国語国文学専攻は各学年二十名ほどで、女子が四分の三を占める。その中に、遠くから見つめているだけの相手ならば、いないこともない。

「……言っても、志摩さん、分からないでしょ」

「なんだ、いるんじゃないか。言ってみろ」

逃さないぞとばかりに見つめてくる。

「想いは、言葉にすることで、実現に向けて動き出すものだぞ」

「言霊《ことだま》ですか。……分かりましたよ。小枝美春《こえだみはる》さん、です」

「小枝？　知っとるよ。何やら、愁《うれ》いを帯びたような……おお、まさに『素質』をそなえた子だろ」

「そうです！」

思わず興奮してしまった。志摩にそう表現されて、お墨付きをもらったような気がした。

「なるほど……。しかし、彼女は四年生ではないか。時間がないぞ」

「いいんです、あくまでも、仙界の神女のままで」

恋愛対象としてはおろか、話をしてもらえることさえあるとは思えない。

「まァ、確かに、神秘的な感じではあるがな」

「それより、二時間目にいきましょう。『山月記』には、一つだけ李徴の実際の詩が出てきますよね」

強引に話題を転じた。

「あれを分析したら、何か分かりませんか」

詩の伝録を頼んだ李徴が、「今の懐《おもい》を即席の詩に述べてみようか」と言って披露した詩だ。

「いや、それは意味がない」

一刀両断だった。

「袁傪は、あの詩にも『欠けるところ』があると感じたのか？」

本文を調べる。その即席の詩を聴いた場面だ。

人々はもはや、事の奇異を忘れ、粛然として、この詩人の薄倖を嘆じた。

「……この反応からは、そういう感じを受けませんね」

「だろ。袁傪一行は全面的に心を動かされている。だから、仮にだよ、漢文学の大家があの詩を分析して欠点を指摘したとしても、意味はない。その小説世界で傑作だと位置付けられているならば、それは傑作だと受け止めなくちゃいかん」

「そうか。マンガ家の技量が乏しくて、それほど美人には見えなくても、登場人物たちが『すごい美人だ』と言っていたら、そう思って読まなくちゃいけませんものね」

志摩はじっと一樹を見つめて、

「マンガが、おぬしの武器になるかもしれんな」

思わぬ方向に光を照らしてもらった気がした。マンガが何かの役に立つとは考えたことがなかった。

「それに、あれは『人虎伝』にもとからある詩だ。『欠けるところ』云々は中島が盛り込んだ要素なんだから、当てはめるのは適切ではなかろう。――では、四つ目にいくぞ」

ノートを引き寄せた。

今までの三つの解釈にはいずれも難があった。いよいよ核心に迫るはずだ。

「李徴は『詩家としての名を死後百年に遺そうとした』と序で説明されている。本人の告白部分でも『自分は元来詩人として名をなすつもりでいた』とある。李徴の詩への執着は、『名』への執着という面が強い」

「詩を詠まずにはいられないというような、何か内側から衝《つ》き動かされるようなものがあったわけではない？」

「そう、それだ」

人差し指を一樹に突きつけるように向けた。

「それが、創作姿勢にも表れているんじゃないか？」

志摩は文庫を開いて、

「李徴は『ひたすら詩作に耽った』。そして『かつて作るところの詩数百篇』と言い、『今、己《おれ》が頭の中で、どんな優れた詩を作ったにしたところで、どういう手段で発表できよう』と嘆く。繰り返し、詩を『作る』と言っているんだ。だが、詩は、『作る』ものか？」

「作ることは作るんでしょうけど……作るという意識が強過ぎるのは、やっぱりどうかと思いますね」

「だろ。そこで――」

鉛筆を握って、

「こういう解釈も成り立つんじゃないか？」

エ　詩情の欠如

「おぬしの言う、詩に表して伝えないではいられない、切実な思いや感情の欠如だ」

「でも、そうだとすると、李徴が今までに作っていた数百篇の詩って、どんなものだったんでしょうか」

「ふむ……」と部屋を見回し、

「応接間に通されたら、まばゆいばかりのシャンデリア、床には豪華な絨毯《じゅうたん》。テーブル、ソファーは洗練された北欧スタイル。壁には本物の名画が掛けられ、イタリア製のキャビネットには、高価な陶器のコレクションが並ぶ。しかも、すべて、調和が保たれている。ところが、そこには生活感がない――」

「皮肉にも聞こえますが」

「わしは、この六畳間の方が好きだぜ。万年炬燵にマッチ箱、『子連れ狼』と『花心中』、見事におぬしという人間が表れとるではないか」

やっぱり皮肉だ。

「まァ、結局、冒頭の『隴西《ろうせい》の李徴《りちょう》は博学才頴《さいえい》』――これがすべてを物語っていたのかもしれんな。やつの詩は、所詮『学』と『才』で巧みに作り上げたものでしかなかった。『頭の中で、どんな優れた詩を作ったにしたところで』と言っとったが、虎になる前から、まさに頭の中で拵《こしら》えたものにすぎず、心から湧き出たものではなかったんだ。机上の空論ならぬ、机上の空詩だ」

「そうか……人との交わりを絶ち、ただただ机に向かって詩を作り続けたんだったら、出会いや別れもなく、旅情も、自然や季節に対する感動も生まれない。そもそも、詩に表すべき体験や心の動き自体がなかったとも考えられますね」

「そうだな。人生がなかった、とも言える。それに対して、例の即興の詩は、即興であるがゆえに、変に才に走らず、学に頼らず、もちろん名を遺すという意識も働かず、図らずも今の心情が素直に吐露されていた、ということになるのかもしれんな」

その瞬間、あれ、と思った。すれ違ってしばらくしてから、どこかで会った気がすると振り返るような感覚だった。

「ちょっと、待ってください」

文庫で確認する。やはりそうだ。

「これ、見てください。即興の詩を、李徴は『今の懐《おもい》を即席の詩に述べてみようか』と言って披露しています。ちゃんと、訴えたい『おもい』があって、それが詩へと向かわせています」

「おお、おもしろいところに気づいたな」

「しかも、『述べて』です。『作って』ではありません」

「……おぬし、叙述に即すということをしっかりマスターしたではないか」

〝先生〟にそう言われるのは、思いのほか嬉しいものだった。

「ここには、『この詩人の薄倖を嘆じた』とかあるな。語り手が李徴のことを『詩人』と呼んでいるのは、ここだけのはずだ」

李徴本人は、「詩人になりそこなって虎になった哀れな男」だと自嘲していた。だが、語り手は、ここで「おもい」を「述べた」李徴は紛れもなく「詩人」であったと言っているようにも読める。

「それと関連があるかどうか分かりませんが――」

「ん？」

「李徴は、心までもだんだん虎に近づいていく恐怖を『ああ、まったく、どんなに、恐ろしく、哀しく、切なく思っているだろう！』と訴えていますが、そのあとで、『この気持は誰にも分からない。誰にも分からない。己《おれ》と同じ身の上になった者でなければ』と口走っていますよね。でも、それを言っちゃあおしまいよ、じゃないですか？」

「虎じゃなく、寅さんか」

　意外にも通じた。志摩が「寅さん」を観ているところは想像しにくい。

「そういう、まだ誰も表現したことのないような気持ちを、オリジナルの感情を、何とかして言葉にすくい上げ、他者に伝えようと格闘するのが、詩人というものじゃないですか？」

「なるほど。……確かに、体験しなければ分からないと言ってしまったら、文学は成り立たん。体験していない相手にも伝達でき、共有し、継承できるのが『ことば』の力なんだからな。そうすると、これは、『ことば』への不信であり、文学の否定だとも言えるな」

「もしかしたら、李徴は、自分の気持ちを言葉に表すということ自体ができなかったんじゃないですか？」

「ちょっと待て」

志摩は新しい煙草を抜き出した。ゆっくり火をつける。考えを整理しているようだった。

一樹に向き直って、

「やつには、自嘲癖があったな」

嗤《わら》ってくれ。詩人になりそこなって虎になった哀れな男を。（袁傪は昔の青年李徴

の自嘲癖を思い出しながら、哀しく聞いていた。）

「本文には、これを含めて『自嘲』という言葉が三回出てくる」

「数えてはみませんでしたが、気になる出方をしているとは感じていました」

「自嘲は、いわば予防線だ。周りから指摘される前に、自分でも分かっているよと笑ってみせるわけだ。それは、自らを客観視できているかのようなポーズをとっているだけで、真に自己批判をしているわけではない。安全地帯に身を置いたままで、通俗的なものの見方に逃げているとも言える。そうすれば、決定的には傷つかないからな。一般人は、それでもいい。だが、詩を志す者がそれをやってはいかんだろう。自分というものを正面から凝視して、掘り下げたり切り開いてみたりして、己の最も恥ずかしい部分をさらけ出し、傷つく覚悟と勇気がなければ、詩などに携わってはいかんのではないか」

一気に喋《しゃべ》って、煙草を灰皿に置くと、鉛筆を取った。

オ　真の意味での「告白」の欠如

「エの変奏だが、おぬしの言ったことと併せれば、こういう解釈になるのかもしれん。そもそも、自嘲は自尊心の裏返しだ。李徴は自嘲が癖《へき》になっているくらいだから、それほどに自ら恃《たの》むところがすこぶる厚かったわけだ。そんな李徴には、自分の内面を人前に晒《さら》すことなどできなかったのかもしれんな」

灰皿の煙草を手にし、再びふかした。

「――だから、やつは、詩を作っても、楽しくなかったんだろう」

「楽しく？」

「人が、『表現』を求めるのは、それが楽しいからだろ。歓喜を伝えるにせよ、鬱屈を解き放つにせよ、思想を語るにせよ、自らの内部にあるものに形を与えてゆくこと、それが、快感だからだ。――わしがこうして授業をしているのも、やっぱり快感だからだぜ」

授業も一つの「表現」ということか。

「ところが、やつは『快々として楽しまず』だった。もちろんこれは、かつては歯牙にもかけなかった連中の下で働かなければならない屈辱ゆえだが、やつは詩作においても、結局『楽しまず』だったんじゃないのか？」

「……確かに、むしろ苦行だったような感じを受けますね」

「苦行……か。まさに、そうだな」とうなずいて、

「中島は『悟浄出世《ごじょうしゅっせ》』の中で、ある人物に『徳とはね、楽しむことのできる能力のことですよ』と言わせている。そこには、中島自身の『楽しむこと』への羨望のようなものを感じる。案外、それも『欠けるところ』だったのではないかという気がするんだよな。――まァ、ここでそれを持ち出すのは反則だがな」

本文だけで考えるという前提に反するという意味だろう。

「――ということで、余興はここまでだ」

「え？」

「おぬしがいい生徒をやってくれたから、すっかり興が乗ってしまったが、実は、『欠けるところ』とは何か、なんぞと問うてはいかんのだよ」

そういえば、謎解きにとらわれると本質を見失うという話だった。

「叙述を突き詰めていっても、結局、決定打は出てこない。袁傪も、それが何なのか分かってやしないんだからな。中島自身も、はっきりとした何かを想定していたわけではな

いのかもしれん。だから、『欠けるところ』を詮索するのではなくて、『欠けるところがある』と袁傪が感じたという、そのこと自体の意味を問うべきなんだよ」

言っていることが分かりそうで分からない。

「普通に考えたら、あれ、余分だろ？」

「余分？」

「もし、あの部分がなかったら、どうなる？」

「李徴の素質が第一流に属するものであることは疑いがなかった——ということだけ書かれていたら、ということですよね」

「そうしたら？」

「その素質を磨いていれば大成できた可能性は十分にあったと、客観的にも証明されたかたちになって、悲劇性が一層高まりますね」

己《おれ》よりも遥かに乏しい才能でありながら、それを専一に磨いたがために、堂々たる詩家となった者がいくらでもいるのだ。虎と成り果てた今、己はようやくそれに気がついた。それを思うと、己は今も胸を灼《や》かれるような悔いを感じる。

「だから、その悲劇——臆病な自尊心ゆえに才能を生かし切れなかった悲劇だとか、もはや取り返しのつかない悔恨だとかを鮮明にしたいのであれば、あの部分は明らかに余分だ。雑音でしかない。しかし、中島は、あれを書き込んでいる。何らかの意図があったと考えるべきだ。では、あれによって、どんな効果が生まれた？」

「そうか、たとえ専一に磨いていたとしても、『堂々たる詩家』にはなれなかった、ということになりますね」

「序によって李徴の告白は相対化されていた。だが、袁傪の視点によって、さらに決定的に相対化されているんだよ。そもそも、告白の部分は、李徴が主体ではないからな。主体は、袁傪だ。袁傪が李徴の告白を聴いているんだ」

李徴は「どうして、おめおめと故人《とも》の前にあさましい姿をさらせようか」と言って叢《くさむら》に身を隠したままだ。内面の描写も袁傪にしか及んでいない。

「李徴の悔恨を最も端的に表している言葉は何だと思う？」

「え……？」

「『空費』だよ」

李徴は「己《おれ》は、己の有《も》っていた僅かばかりの才能を空費してしまった」と言い、「どうすればいいのだ。己の空費された過去は？」と訴える。後者は、血の叫びにも似ている。

「だが、空費というのは、本来ならばそこに実りある成果があったということが前提だ。ところが、たとえその才能を磨いたとしても名を成すことはなかったというのであれば、その空費というとらえ方は、李徴の錯覚にすぎないことになる」

「……なんだか哀れですね」

「ただ、本人はそれを知らずに済んだから、『臆病な自尊心ゆえに才能を空費した哀れな男』という物語を信じたままでいられたとも言える」

確かに、悲しい出来事や辛《つら》い経験も、人はそこに「物語」をつくり上げることで、自らを納得させ、引き受けることができる。

「ただな、これは李徴に限らないのではないか。案外、わしらは、錯覚にすぎないものを信じたり、幻想にすぎないものに頼ったりして、限りある時間《とき》を費やしてしまうものかもしれんぞ。だとすれば、『哀れ』などと、他人事のように言ってもいられなくなる」

「……そういえば、『哀れな男を嗤ってくれ』と言う李徴を、袁傪は『哀しく聞いていた』とありましたね。字は同じですが、この『哀しく』からは、傍観者的に哀れみを寄せるのとは違った、もっと深いところで、李徴と一体となって、心を痛めているような感じがしませんか？」

「『哀れみ』から『哀しみ』へ——か。なかなかイカすじゃないか。ちょっとした論文のサブタイトルになりそうだ」

志摩は嬉しそうに言ってから、表情を改め、

「末尾近くにも、夜明けを告げる角笛《つのぶえ》が『哀しげに響きはじめた』という描写があったな。笛の音を『哀しげ』だと感じているのは、語り手であると同時に、袁傪でもあるのだろう。なるほど、『哀しみ』――か。それが、李徴の人生に対する袁傪の思いだったということかもしれんな。そんな故人《とも》のいたことが、せめてもの救いだな」

そこで煙草を灰皿に押し付けると、

「――といったところで、チャイムだ。あとは、おぬしがこれをどう考えるかだ」

志摩の〝授業〟は、しっかりと自らの考えも相対化するよう促して終わった。


レポートは夏休みのうちに提出した。

同語反復にすぎないような語釈や、語釈の配列規準の問題に関しては、さらに多くの例を挙げて指摘した。また、索引における文字列の縦書きと横書きの優劣について、眼球の動きとからめて考察したりもした。

鮎井は「正直言って、ここまでやってくれるとは思わなかったよ」と、官舎で夫人のカニ料理を振る舞ってくれた。

四　幾山河

金沢大学には、通用門が五つある。石川門、大手門、黒門、甚右衛門坂、宮守坂《みやもり》——いずれも城があった時代の名をとどめたものだ。

国語国文学研究室のある法文学部棟は、旧二ノ丸跡に建てられており、学内で最も高い場所に位置している。そこから宮守坂を下ると、中央公園に出る。旧制第四高等学校の跡地で、その一角には、当時の校舎を利用した「郷土資料館」が置かれている。緑に囲まれた煉瓦《れんが》造りの建物は、その時代を知らぬ者にも懐かしさのような感情を抱かせる。

園内には各県の県木が植えられ、人工的な滝や、芝生に覆われた広場などがあり、休日ともなれば多くの市民が思い思いの時間を過ごす。

その公園を香林坊方面に抜けて、横断歩道を渡った所に、書店「福音館」がある。二階の通りに面したスペースがカフェテラスになっていて、公園の木々の梢が目の高さで見渡せる。一樹は、ここでコーヒーを飲みながら、横断歩道を行き交う人波を眺めるのが好きだった。

皆、何気ない顔をしてすれ違って行くが、一人一人には、経てきた時の流れと、目に見えない人間関係の渦がある。通常は互いのそれに巻き込まれることなく過ぎ去り、二度と会うことはない。してみると、人と人とが出会い、関わりを持ち、しばしの時を共有するというのは、なんと神秘なる出来事であろうか。

俯瞰《ふかん》していると、そんなことを考えさせられるのだった。

九月に入ったある日、一樹は『八犬伝』を求めてこの書店に入った。学生協の「アカンサス書房」には、岩波文庫全十巻のうち、どの巻もなかったからだ。岩波は書店買い取り方式を採用しているので、売れる見込みのないものは置きにくいという話だった。『八犬伝』は、もはや大学生でも必要とする者が稀な作品となっているということだろう。

だが、ここにも在庫はなかった。香林坊の「北國書林」と「うつのみや書店」も覗いてみようと、出口に向かった。すると、国文学関連のコーナーに、思いがけない人の後ろ姿があった。

金沢大学の教養課程は一年半だった。二年次の十月に専門課程に上がる。その秋に、一樹は教室で綺麗《きれい》な肩を見かけた。肩を綺麗だと感じたのは初めてのことだった。

薄い肩だった。肩先に余計なふくらみがなく、すらりと二の腕に落ちている。清楚、可憐にして、たおやかさを失っていない。そして、たたずまい全体に、神秘なる翳《かげ》りとでも呼ぶべきものが漂っていた。

教室を去り際に目にした横顔の白さも心に残った。「透明感がある」というのは、こういうのを指すのだと思った。

それが、一学年上の小枝美春だった。

以来、彼女の後ろの方に座って、その肩を眺め続けた。ノートの端にスケッチしたこともある。

彼女は研究室に立ち寄ることはほとんどなかった。誰かと話しているところを見たこともない。はかなげで、それでいて安易に近づくことを許さないような空気を放っている。紺や青系統のものを身に着けていることが多く、それが肌の白さを際立たせるとともに、謎めいた印象を一層強めていた。

一度だけ、短い言葉のやりとりをしたことがある。実家から届いた蜜柑《みかん》を研究室に持って行った時、階段で彼女と行き会った。咄嗟《とっさ》に「よかったらどうぞ」と差し出すと、一瞬戸惑いの色を見せたが、「ありがとう」と両手で受け取ってくれた。その尊い一瞬は、白い掌の中の黄金色の映像として、胸にしまってある。

四

四年生は後期の講義には出ない。春には卒業してしまう。これを逃せば、もう永久に機会はない。「時間がないぞ」という志摩の言葉に背中を押されるようにして声をかけた。

「卒論の資料ですか？」

振り返った表情に警戒の気配があった。だが、一樹と認めると、ほっとしたように緩ませて、

「ううん、ちょっと時間調整」

そう言ってから、言葉の足りなさに気づいたのか、

「お琴の稽古に通っているの」と付け加えた。

「へえ……すごいですね」

間の抜けた応じ方しかできない。

「このあいだまでは生け花も……サークルではお茶もやっていたの」

「三つですか！」

また「すごいですね」と言いそうになって、こらえた。

「ここの女性は、嗜みとして、何かしらお稽古事に通っているのよ」

そういえば、夏が来る前に別れた地元の女性もお茶を習っていた。路地を歩いていて、

「琴教え〼」という木の札が掛かっているのを見たこともある。そういう土地柄なのだ。

「……だけど、小枝さんはここの出身ではないですよね？」

研究室名簿では、帰省先は新潟県となっていたはずだ。

「住んでいると、自然と染まってしまうのね。それが、文化の力のこわいところ。でも、三つは、ちょっと凝り過ぎかな」

静かに微笑《ほほえ》んだ。その時、左の頬に小さな笑窪が浮かんで消えた。

あ、と叫びそうになった。「流れ星が天の河に流れるよう」だった。一瞬の煌《きら》めきと、涼やかなその残像。奇跡の光を溶け込ませて、一層の神秘性を湛《たた》える銀河。未来永劫《えいごう》、忘れることができないだろうと思われた。

「……あの、その時間まで、お茶を飲みながらっていうのは、だめですか？　あ、ここ、二階に喫茶店があるんです」

耳に火照《ほて》りを感じながら言ってみた。

「そうね……」と彼女は腕時計を見て、

「二十分くらいしかないけど、いい？」

限られたその時間を精一杯活用しようと、必死で質問を繰り出した。それに答えるかたちではあったが、イメージとは違って美春はたくさんのことを語ってくれた。

卒論は泉鏡花。母親の蔵書で読んだのがきっかけで鏡花に浸った。金沢を選んだのもそれが理由。下宿は、母親が男子禁制という条件をつけたが、鏡花が生まれ、作品の舞台ともなっている浅野川の近くに借りられたのは幸運だった。新潟県の教員採用試験を受けたが、大学院に進みたいと親に掛け合った――。

その試験はこれからだという。だが、合格すれば、一樹にとっては思いがけないロスタイムが与えられることになる。

半分夢心地のうちに二十分が過ぎた。

もちろんマッチは使わずに持ち帰った。

研究室には、十人以上が同時に使用できる大きな机があった。学習用だが歓談スペースとして使われることの方が多く、放課後の文化部室のような趣を呈していた。

翌日の昼、そこに美春が姿を現した。雑談をしていた皆が、「おや珍しい」という顔を見せた。美春は一樹の姿を認めると、すっと寄って来て、バッグから二冊の本を取り出した。

「これ、お古だけど、よかったら――」

教員採用試験の参考書と問題集だった。

周りがざわつくのが分かった。慌てて発したお礼の言葉を背中で受け流すようにして、美春はするりとドアの外に消えた。その余韻も流れ星のようだった。

「どうして小枝さんと？」と訊いてくる友人もいた。それを適当にやり過ごし、急いで自分のバッグにしまった。

下宿に帰ってから、そっと開いた。彼女が勉強した跡が残っていた。思わず抱きしめてしまった。

最後のページに書き込みがあった。ブルーブラックの万年筆によるものと思われた。

幾山河越え去り行かば寂しさの果てなむ国ぞ今日も旅ゆく

若山牧水だ。

美春に似つかわしい、やわらかさの中に端正さが香る筆跡だった。こういう字を書くのだと、しげしげと見つめた。

試験勉強は孤独な一人旅のようなものなのかもしれない。美春はこれを支えに、その旅を乗り越えたのだろう。ならば、自分もこれを励みとしようと思った。何よりも、彼女の直筆は、それだけで宝物だった。

研究室では周りの視線が気になって言葉を尽くせなかったので、改めてお礼という名目を設けて、電話ボックスに向かった。

「また、寂しくなったら、いつでも電話してください。幾山河でも越えて駆けつけますから」

いささか気取って口にすると、

「ふふ、本気にしちゃうわよ」

それは軽くあしらうような感じではなかった。

九月が終わるころ、本当に電話がかかってきた。

「今、このあいだの本屋さんにいるの」

「行きます！」

呼び出し電話を依頼してある隣家に、叫ぶように礼を伝えて飛び出した。

「福音館」の前でタクシーを降り、二階に駆け上がった。美春が小さく手を挙げた。走り寄り、前に座った。身体中が熱かった。テーブルの上のコップを手に取った。

「あっ！」

飲んでしまってから気づいた。

「大丈夫、口つけてないから」

美春はおかしそうに笑った。微笑み以上の笑顔を初めて見た。

それからも電話はかかってきた。一樹からかけることもあった。

ただ、美春のアパートでは、五人いる入居者のうち、廊下で鳴っている電話に気づいた者が応対するという申し合わせになっていた。互いに呼び出しの煩わしさがあるので、会った時に次の約束をすることもあった。

四年生は後期の講義には出ないから、専ら学外で待ち合わせた。美春のアパートに近い武蔵ヶ辻地下の喫茶店「禁煙室」を使うことが多かった。

――これは、もう、付き合っているということだ。

夢のような思いで状況をかみしめた。

金沢では、主だったデートスポットはすべて徒歩圏内にある。様々な飲食店、映画館や美術館、コンサートホールなどはもちろん、中央公園や、町を挟んで流れる犀川と浅野川や、町全体を眺望できる卯辰山《うたつやま》にも、歩いて行ける。

折しも、「北の都」とも呼ばれる城下町は、その情緒が最も深まりを見せる季節を迎えようとしていた。

一樹が金沢を選んだ理由は、城の石垣や雪に憧れたということだけではなかった。一度胸試しのつもりで一校だけ受けた東京の難関私大に合格し、図らずも迷いが生じてしまった。東京には、雪や石垣とは逆の魅力があった。

決めあぐねて、付き合っていた部活の後輩に相談した。彼女は遠慮がちに「どちらかといえば金沢に行ってほしい」と言った。

「だって……東京って、誘惑が多いでしょ」

その一言が決め手となった。

しかし、翌年の夏、大学生になった彼女から「好きな人ができてしまった」と苦しげに告げられた。「杉崎さんは、私にとって何なのか、分からなくなっていたの」とも打ち明けられた。

やがて、大学の同級生で親しくする人ができた。池宮《いけみや》という地元の女性だった。

すると、まだ唇にも触れないうちに、「もう必要なくなったから」と、写真館で撮影した見合い写真を渡された。そんなものをすでに用意していることにも、交際が直ちに結婚に結びつく発想にも驚いたが、一樹もその気になった。春休みには、静岡の実家にも日帰りで遊びに来た。

ところが、春が過ぎるころ、「私はやっぱりこの町を離れることはできない」と言い出した。静岡に来た時、山と田んぼを見渡しながら「私、ここで何して暮らせばいいの？」と漏らしたことを思い出した。雅《みやび》な城下町で育った彼女には、そんな場所で生きる自分がイメージできなかったのだろう。一樹はそれにはっきりと答えられなかった。

とはいえ、納得できるはずがなかった。何度も翻意を懇願した。見苦しい姿も晒した。しかし、結局は終わりを迎えた。見合い写真と、いくつかのマッチ箱、そして、誕生日にもらった一輪挿しが記念として残った。

だが、それらはすべて美春と出会うためだったのだという「物語」を、一樹は信じた。

「杉崎くんは、どんなところに住んでるの？」

「行きます？」

「いいの？」

逆に、本当に来てくれるんですかと訊きたいくらいだった。

美春とのことは、階下の芝山恒《しばやまひさし》にも話してあった。日曜日で、その芝山は部屋にいた。

ガラス戸越しに「小枝さんを連れて来た」と言うと、「おお！」と叫んで顔を出した。

「お邪魔します」

「どうぞ、どうぞ。大歓迎ですよ！」

自分のことのように興奮し、

「二階に行ってろ。コーヒーは俺が用意してやるから」と言った。

美春は二階の敷居をまたぐ時にも「お邪魔します」と軽く頭を下げた。

――この部屋に、あの小枝さんがいる。

現実だとは思えなかった。くすんだ景色の中に、場違いのような楚々たる華やぎが舞い降りていた。

「マッチ箱がいっぱい！」

鴨居の下に寄って順に眺める。最後の方には美春と入った店が続いている。それに気づいたのか、ゆっくりと振り向いて、

「新しいお店を開拓しなくちゃね」

幸福感に溶けそうになる。未来へと続く一筋の明るい道が見えたような気がした。美春は大学院に進むことが決定していた。

「ま、とにかく座ってください」

美春は一瞬迷いながらも、一樹と炬燵の角を挟む位置に座った。

「中野良子、好きなの？」

コーヒーを飲みながら、壁のポスターに今さらのように目をとめた。あまり見られたくはなかった。

「と言うより、この映画の原作は劇画なんですが、その絵を描いている上村一夫が好きなんです」

「『同棲時代』？」

「ええ……」

そちらに話が進むのは少し気まずい。

「中野良子もいいなと思いますけどね。NHKでやっていた『天下御免』の紅《くれない》さんにはちょっと憧れました」

「私は、映画の『小林多喜二』に出ていた彼女が綺麗だと思ったな」

「そんな映画があったんですか」

「多喜二の生涯を丁寧にたどった作品なの。その中に、恋人だった田口タキとのエピソードが描かれていてね――」

そのタキを中野良子が、多喜二を山本圭が演じていた。ただ、二人の間に実際にどのような会話があったか分からないので、タキをモデルにした小説の場面を借りて描いていた。タキは小料理屋の酌婦だったが、そこではバーの女給という設定になっていた。

多喜二とおぼしき青年は熱を込めて想いを伝える。だが、彼女は、自分は彼にふさわしくないと考えている。「私、そんな資格なんかないの」という言葉や、手を振る青年にハンカチをかざしかけて、ふとその手を下ろしてしまう姿が切ない。

やがて、二人は初めて店の外で会い、海に出かける。風が強い。「寒かったらお入り」と青年はマントを広げるが、彼女にはためらいがある。しばらく砂浜に絵を描いたり、啄木の詩集を読んで聞かせたりするうちに、打ち解けてくる。砂浜を歩き出すが、それでも彼女は一歩後ろを歩き、二人の間には微妙な距離がある。

「その時、『ちょっと振り返ってごらん』と多喜二が言うの。見ると、二人の足跡が離れ離れに、交わらない平行線のように続いている。『寂しいねえ』と彼は言って、タキをさっと抱き寄せて、歩き出す。そうしてまた『振り返ってごらん』と言う。すると、足跡は重なって一つの太い線になっている。『今度は完全に一緒だ』。彼女は、ようやく彼の胸に身を委ねる……」

「小林多喜二はそういうのも書いているんですね！　何という小説ですか」

「『その出発を出発した女』——ノートに残されていた初期の作品だから、全集に当たらないと読めないけどね」

自身は読んだということなのだろう。

「――闇があるから光がある。闇から出て来た人こそ、本当の光のありがたさが分かるんだ」

つぶやくように言う。

「何ですか、それ」

「多喜二が実際にタキに送った手紙」

「その、闇から出て来た人というのが、タキのことなんですか？」

「家が貧しくて、お金で売られた身なのよ。だから、今は嫌《いや》な生活をしているけれど、将来の明るい生活を夢見ることを決して忘れてはいけないって……」

答えつつも、何か別のことに思いを向けている様子だった。

「……でも、光を知ったから闇に気づく、ということもあるのよね」

話のつながりが見えない。多喜二とタキの話題からは離れたことを語っているようにも思える。

美春はしばらく炬燵板の上に視線を落としていた。

やがて、すっと顔を上げると、鴨居のマッチ箱に再び目をとめ、

「杉崎くんは、ライターは使わないの？」

「使わないですね」

理由を問いたげな目を向けてくる。

「火をつけるということだけならライターの方が便利だけど、マッチの方が、一連の動作の中に、何やら風情があるじゃないですか」

咄嗟にその場で理屈をひねった。

「ちょっと、つけさせてくれる？」

マッチ箱を渡した。だが、手つきが心もとない。親指と人差し指だけで軸をつまむ。やはり、火はつかずに折れてしまった。

「ちょっと貸してください」

一本抜いて、

「こんなふうに、三本の指で持つといいんです。できれば、薬指も添えて。それから、僕は手前に引きますが、向こうへ押し出す方が折れにくいでしょう」

形だけ実演して見せた。

それに倣って、二本目でなんとか発火した。一樹が咥えた煙草の先に近づける。それもぎこちない。

火はついたものの、今度は処理ができない。手を振っても消えない。軸が短くなって、

「きゃっ」と投げるように灰皿に捨てた。

「風情を味わう余裕がなかった……」

マッチを扱った経験があまりないのかもしれなかった。そんな生活感のないところも、いかにも美春らしいような気もした。

「あら、素敵な花瓶」

カラーボックスに倒して置いてあった一輪挿しに気づいた。美春が来ると分かっていれば場所を移したのだが、遅かった。

「あ、母親が持たせたんです。使うはずもないのに」

美春は少し悪戯《いたずら》っぽい目をして、

「本当は、プレゼントなんでしょ？」

言葉が出ない。

「ちょっと嫉妬しちゃうな」

「いや……」

「じゃ、今度、薔薇《ばら》を持って来るわね。真っ赤な薔薇」

五　ろまんちっくの少年

雨に霙《みぞれ》が混じっていた。

季節が、今、目の前で切り替わったのだった。

「……ねえ、杉崎くん」

並んで傘をさしていた美春が、改まったように言い出した。

「しばらく、会うのやめない？」

「えっ⁉」としか声が出ない。

「そろそろ卒論に集中しなくちゃいけないし……」

それは理解できる。琴の稽古もやめたと聞いた。だが、それだけではないような含みが感じられた。

少し待ったが、次の言葉がない。

「しばらくって、いつまでですか。卒論が終わるまでですか」

「……そうね。とりあえず」

「とりあえずって……」

傘の中を覗き込んだ。思い詰めたような瞳があった。

「ちょっと、どこかに入りましょう」

アパートに送る途中だったが、道筋を変えて駅前に向かった。「金沢ビル」地下の「ティーランド」に入った。

コーヒーが運ばれてきてからも、しばらく美春は口を開かなかった。

「このまま続けていくと――」

カップを見つめながら、ようやく発した。

「杉崎くんのこと、好きになってしまいそうなの」

思わぬ言葉だった。

「だったら、好きになってください」

「それは、困る」

「困る？　困るって……」

人は、どういうときに、誰かを好きになっては困るのだろう。

混乱する頭で考えた。

「……ほかに好きな人がいるということですか？」

美春の瞳が微《かす》かに揺れたように見えた。

「片想いみたいなものなんだけどね」

「みたい」とはどういうことなのか。明らかにしたいという思いと、それは触れてはいけないところなのかもしれないという思いが交錯した。

「でも、片想いなら、かまわないんじゃないですか？」

「嫌よ。一度に二人の男の人を好きになるなんて、そんな自分が許せないもの」

その潔癖さを好もしく思う部分がないわけでもなかった。

「……とりあえず、一月まで待って。お願い」

先ほどの「とりあえず」は期間の延長も含んでいるように聞こえたが、今度はそこで一旦区切りを設けるという響きが感じられた。

今、変に焦っては、折角「好きになってしまいそう」になってくれている状況を壊してしまうだろう。

「分かりました。待ちます。卒論、頑張ってください」

あくまでも卒論が理由だというかたちにしておきたかった。

久しぶりに志摩がふらりと下宿にやって来た。

呼び出し電話で在否を確認するのも面倒なので、直接顔を出してみたのだという。「おーい、いるか」と呼びかけ、返事がなかったら諦めて帰る。そんな〝空振り〟も、下宿生活の妙味ではあった。

「どうだ？　その後」

「『八犬伝』、読み始めました」

「ほぉ」

「たぶん、これでいきます」

「やっぱり、劇画調だったか？」

「それもありますけど……『八犬伝』は、儒教的な勧善懲悪や仏教的な因果応報を主題としたものにすぎないとして、あまり評価されていませんよね。だけど、例えば――山下定《さだ》包《かね》という者が主君を殺して領主になるんですが、謀反が起こって彼自身も家臣に殺される。確かに因果応報です。でも、馬琴のねらいはそこにあるとは思えないんです。定包は、刀ですぱっと切られて竹槍のようになった笛で、刺されるんです」

「竹槍……磔《はりつけ》ということか」

「そうなんです。馬琴は作中で『これ、竹鎗《やり》の刑に似たり』と自ら解説しています。調べてみると、主《しゅう》殺しは磔なんですね。『どうだ、しっかり理にかなっているだろう』という声が聞こえてきそうです。馬琴にとっては、因果応報も勧善懲悪も、そういうこじつけというか、一種の合理性に関わるものだったような気がするんです」

「合理性——か。『理』は、必ずしも論理や科学であるとは限らない。時代に応じた『理』があると言えるだろうな」

「そうですよね。馬琴は、因果応報や勧善懲悪を啓蒙したかったと言うよりも、波乱万丈のストーリーを展開しつつも、それを、あの時代の『理』であった因果応報、勧善懲悪的に辻褄《つじつま》の合うものに仕上げてみせた手腕を誇りたかったのではないか、と思うんです」

「なるほど。テーマではなく、テクニック……いや、アートということか」

「アート……？」

「アートには、『技術』という意味もある。the art of war と言えば『戦術』だ。エーリッヒ・フロムの『愛するということ』も原題は『THE ART OF LOVING』だ」

ふと「こじつけの美学」という言葉が浮かんだ。使えるかもしれない。

「——で、おぬしの LOVING はどうなっとるんだ？」

話題が鋭く切り替わった。

「……食事したり、お酒を飲んだりしました」

「ほほぉ、動き出したか」と、鴨居のマッチ箱に目をやり、

「うん、増えとるな」

「ただ――」

言いかけたが、美春のプライバシーを無闇に話してはいけないという考えがそれを押しとどめた。芝山にも相談してはいない。

「なんだ、何を悩んどるんじゃ」

「ちょっと、難しくて……」

「簡単なことではないか。好きだったら、好きだと言う。振られたら、諦める。どこに悩む余地がある」

そんなに単純なものではない。そう言い返したかったが、志摩だったらいかにもそのように行動しそうに思えて呑み込んだ。

「しかし、おぬしは、『ろまんちつくの少年』だからなぁ……」

「少年ですか」

苦笑すると、

「いや、芥川に『憂しや恋ろまんちつくの少年は日ねもすひとり涙流すも』という歌があるんだよ。学生時代に、ある女性を想って詠んだものだ」

「吉田弥生ですね」

「知っとったか。結局、家族の猛反対に遭い、結婚を断念することになるわけなんだが、その後もずっと、うじうじしとったんだよなぁ」

「僕も芥川並みということですか」

「褒めとるわけではないぞ」

「分かってます」

「『旅と云ふこの一語《こと》にもうるほひぬろまんちつくの少年の眼は』というのもある。旅という言葉一つにも感傷的になってしまうところなんぞ、雪と石垣に憧れたおぬしは共感できるだろう」

再び苦笑するしかなかった。

師走も半ばになった。

卒論提出期限は一月十日だという。一か月を切った。どういう結果を迎えるのか、考えたくはないが考えてしまう。

日曜日の夜八時を回ったころ、玄関をノックする音が聞こえた。

芝山の応じる声、ガラス戸の開く音、そして、

「杉崎、小枝さんだぞ」

一樹は跳ねるようにして立ち上がり、階段を走って下りた。

「どうしたんですか」

表情が暗い。白い顔がむしろ蒼白に見える。

芝山がガラス戸を開けて再び顔を出し、

「上がってもらったら？」と気遣ってくれた。

「ポットを階段の所に出しておくから」

美春はコートのまま炬燵の角を挟んで入った。じっと炬燵板を見つめているだけで口を開かない。

しばらくして、ゆっくりと顔を上げたが、視線は中空に放ったままだ。

「――そうだ、薔薇を持って来なくちゃいけなかったね」

虚《うつ》ろな感じで言う。

「それは誕生日でいいですから」

「いつなの？」

「四月です」

それまで続いていなければ困るという含みをもたせた。

「私とそんなに違わないんだ。私、二月だから」

「そんなことより――」

美春はようやく視線をこちらに向けた。瞳に切なげな色があった。

「……助けて」

反射的に腕が伸びた。座っていた位置をずらして肩を抱き寄せた。

「ごめん。ちょっと貸して」

美春は胸に頭を預けてきた。

一樹は掌で頭を包み込んだ。頭も、身体も、小さく感じた。

最初にここに来た時には、まさに天上界から舞い降りた神女のように思えた。だが、今の美春は、まるで羽衣を奪われて震えている天女だった。

何がそうさせた。誰がそうした。片想いだと言っていた男と何かあったのか。

だが、今は訊いてはいけない。ただ、黙ってこうしていてあげなくてはいけない。

初めてその身体に触れながらも、非常事態のような美春を前にして、自然と冷静さを保っていた。

「……落ち着く」

ため息のように美春はつぶやいた。

「ごめんね。迷惑かけちゃった」

「迷惑だなんて」

「でも、あなたがいてくれてよかった」

初めて「あなた」と呼ばれた。

「これ、いただいたら帰るから」

カップに手を伸ばす。

「……何か話したいことがあったんじゃないんですか」

「ううん、ただ、あなたの顔が見たかっただけ。――と言っても、心配させるだけよね」

「気になって眠れません。でも、話したくないんだったら、いいです」

「……優しいのね」

「僕の優しいのは有名です」

美春の顔にようやく笑みに近いものが浮かんだ。

「……ちょっと悲しいことがあったの。でも、あなたと会ったら少し元気が出た。大丈夫、これで、頑張れる。卒論が終わったら、お祝いしてね」

不安は消えなかったが、「とりあえず」の先に明るい光が見えたことでよしとするしかなかった。

「じゃ、ありがとう」

立ち上がる美春に、

「送りますよ」

「いいわ、悪いから」

「むしろ、こんなときに送らせてくれない方が罪悪ですよ」

漱石の『こころ』に出てくる「恋は罪悪ですよ」を踏まえた。当然、通じる。美春は苦笑のようなものを漏らし、

「じゃ、タクシー乗るまで送ってくれる?」

少し歩けば、大通りに出る。タクシーはすぐに来た。美春は、バイバイと胸の前で手を振って乗り込んだ。

下宿に戻ると、芝山が「何かあったのか」と訊いてきたが、説明することはできなかった。

六　春立てば

「悲しいこと」が気にならないはずがなかった。

美春は年内に卒論の清書を仕上げ、正月は帰省するという。せめてつながりだけは保っておきたくて、年賀状を出すことにした。だが、家族の目に触れることも考え、封書に変えた。

何と書くか。何を告げるか。

あれこれ考えたが、古歌でも引いて送るのが無難なように思えた。

では、どの歌にするか。新年や新春に関わりのあるものがいい。しかも、想いを託すことができるもの。

ふと、美春が誕生日は二月だと言っていたことを思い出した。だが、二月生まれに「美春」は少し早い気がする。ただ、それが立春だったら、あり得るのではないか。

立春――記憶の中から一つの歌が浮かんだ。『古今集』の「恋歌一」にある。

　春立てば消ゆる氷の残りなく君が心はわれにとけなむ

春になると、固い氷も溶けて流れ出す。そのように、あなたのその鎖《とざ》された心も、すべて私に向かって解けてほしい。

脇に「いつでも胸を貸します」と添えた。

投函してしまってから、「胸を貸します」は言い過ぎた、「肩は空いてます」くらいにしておけばよかったと悔やんだ。


年が明け、金沢に戻ると、郵便受けに美春からの手紙があった。

やはり便箋一枚に歌が書かれていた。

　君や来しわれや行きけむおもほえず夢かうつつか寝てか覚めてか
　　　　　　　　　　　　　　　　　　　忘れてください

これは『伊勢物語』だ。

すぐに本棚から取り出して確認した。

在原業平《ありわらのなりひら》は朝廷の御用向きで伊勢の国に行き、伊勢神宮の斎宮《さいぐう》から丁重なもてなしを受ける。斎宮は、天皇に代わって神に仕える未婚の皇女であり、冒すべからざる神聖な存在だ。にもかかわらず、業平は「今宵《こよい》、お逢《あ》いしたい」などと囁《ささや》いてしまう。だが、人目も多く、迂闊《うかつ》には動けない。すると、斎宮の方から忍んでやって来たのだった。しばし共に過ごし、彼女はするりと立ち去る。翌朝、便りを送るすべもなく思い悩んでいる業平のもとに、斎宮から歌が届く。

昨夜はあなたがいらっしゃったのかしら、私の方からうかがったのかしら。よく覚えていないのです。あれは夢だったのか、現実のことだったのか。眠っている間のことなのか、そうではないのか……。

『伊勢物語』という名の由来とも言われるエピソードだった。

近づいてはならぬ男性のところに自ら赴いてしまった斎宮に、好きになっては「困る」はずの一樹を頼ってしまった自分を重ねているのだとは思う。だが、そこにどんなメッセージがあるのか。

『伊勢物語』からは、業平に誘われて、おそらくは夢心地で足を運んでしまった若き斎宮の戸惑いや困惑が伝わってくる。あるいは、ようやく自分の立場を自覚し、夢だったことにしてしまいたいという思いだったのかもしれない。

だが、美春は「忘れてください」という一言を添えている。それが、「いつでも胸を貸します」に対する答えなのか、それとも、あのような振る舞いをしてしまったことへの羞《は》じらいなのか。やはり、なかったことにしてしまいたいという悔恨なのか。

この一言がなかったら、「夢か現実か、今夜もう一度確かめてください」という業平の返歌をさらりと書き送るのが粋だ。だが、真意がつかめない以上、迂闊な行動は取れなかった。


卒論完成祝いの場所は、「一度行ってみたかった」という美春の希望で「金沢スカイビル」の十七階にある「スカイラウンジ」になった。

昭和四十八年に完成したばかりのこのビルは、日本海側で一番の高さを誇る。高層部はホテルということもあり、各階の窓は小さく、メタリックの外壁が圧倒的な存在感を放っている。城下町に突如出現した未来建造物のようだ。夜には航空障害灯の赤い点滅が市内のどこからでも見える。

入店時にはクロークでコートを預かってくれ、雪用ブーツをスリッパに履き替えるよう促された。豪華なカーペットが敷き詰められている。二人で「すごいね」と顔を見合せた。

窓際の席に案内された。眼下に灯火の海が広がる。昼間であれば城下町が一望できるだろう。日本海も見えるかもしれない。

フロア中央に設けられたステージでは、エレクトーンの演奏が行われている。山口百恵の『秋桜《コスモス》』が流れる。

「お手紙、ありがとう。嬉しかった。……でも、大変だったのよ」

「え？」

「母が、杉崎さんてどういう人なの、静岡なんかにお嫁に行ってはだめよ、って」

どう応じていいか分からなかった。

一通の手紙にそこまでの反応を見せるのはどうかという気もするが、母親の気持ちとして分からなくもない。だが、美春はそれをどういうつもりで話題にしたのか。

「悲しいこと」との関連はあるのか。結婚なんてあり得ないのにね、と言いたいのか。ただ流れている曲に合わせただけなのか。

「ところで、もしかして、私の誕生日が立春だと分かったの？」

「当たっていたんですね。じゃ、二月四日なんですね」

「昭和三十一年の立春は五日だったのよ」

「珍しいですね」

「たまにあるのよ。一昨年《おととし》も五日だったんじゃないかな」

「豆まきもしないので、ちょっと気付きませんでした」

「あら、雪」

不意に窓の外を指さした。また降り出したようだ。

闇の中から白い破片が現れ、窓の光を受けて舞い、再び闇の世界に消えてゆく。窓枠で切り取られたスクリーンの上の幻想的な映像のようだ。雪を見慣れているはずの美春もじっと見入っている。

闇の底では、街の灯がぼうっと滲《にじ》んでいる。香林坊、片町がオレンジ色の帯となって見える。別の方角では、光の一筋が移動している。雪の中を、夜汽車で北の都に着いた人たちがいる——そんな想像が感傷的な気分を誘う。

だから「ろまんちつくの少年」と言われるのだと、ひそかに苦笑した。

曲が沢田研二の『時の過ぎゆくままに』に移った。

頭に浮かぶ歌詞の一つ一つが心に沁《し》みる。

「あなたの時も、ここでする?」

美春の声が現実に引き戻した。

「鬼が笑いますよ」

陳腐な応じ方しかできなかった。だが、そんな先まで続くと保証してくれたような気がして、一気に安心感が訪れた。手紙の真意などどうでもよくなった。

雪の舞う中、一つの傘に入って送った。

肩に腕を回すと、美春はすんなりと受け容れてくれた。あの夜とは違い、初めて本当の意味で彼女の身体に触れたように思えた。

遠くから憧れ続けたあの肩を、今、この手に抱いている——。

また一歩歴史を刻んだような感慨があった。


数日後の成人の日の朝、電話があった。

「やっぱり、もう、やめましょ」

あまりの急転にすぐには言葉が出なかった。

「今、アパートですか。すぐ行きます」

隣家の片瀬《かたせ》は、電話の間はいつも奥に入っていてくれる。しかし、ガラス戸一枚だ。雰囲気は伝わっただろう。気まずい思いで礼だけ伝え、外に飛び出した。部屋に戻って、財布とコートを摑んだ。

美春のアパートの前でタクシーを降りた。美春は身支度をして玄関前で待っていた。先日とは別人のように固い表情だった。

「……しっかり説明しないと、あなたに失礼になるわね」

待つ間に、覚悟を決めたようだった。

「どこかに入りましょうか？」

わずかの間をおいて首を振る。

「歩きながらの方がいいですか？」

うなずく。視線を交えない方が話しやすいのかもしれなかった。

並んで浅野川に向かう。しばらくは二人とも黙ったままだった。死地へと歩む道行《みちゆき》のようだった。だが、彼岸で結ばれるという陶酔けない。

川に出て右に曲がり、上流へと進む。道の脇には所々に雪が残っている。

ようやく美春が口を開いた。

「付き合っている人がいるの」

少なからず衝撃を受けた。

「……片想いじゃなかったんですか」

「でも、何度訊いても、一度も『愛している』とは言ってくれないの。だから、私にとっては片想い」

定義がずれている。むしろ、辞書的には誤用だと言ってやりたかった。

しかし、美春が「私のこと、愛してる？」と質《ただ》している場面など想像できない。それも「何度」も？　そんな会話がなされるとは、すでにただならぬ関係になっているということではないのか。

「それにね……彼には許嫁《いいなずけ》がいるの」

「いいなずけ⁉　この時代に、まだそんなものがあるんですか」

「私も驚いた」

「だけど、それじゃ、片想いと言うより、悲恋じゃないですか」

「そうね、未来のない恋よね。ただ……」

「何ですか」

「最初から話すわね」

二年生の春、美術館で偶然、茶道部の先輩と行き会った。東洋史専攻の三年生だった。その場でお茶に誘われた。男の人と二人で喫茶店に入るのは初めてだった。

店を出る時に、「今度はしっかりデートしようよ」と言われた。どぎまぎしながら「はい」と答えていた。

彼は副部長で、それに見合う人望もあった。その先輩から特別な人として扱われていることが嬉しかった。自分の世界が広がる気がした。

三度目に会った時、交際を申し込まれた。「卒業までしか付き合えないけど、それでもよかったら」ということだった。期限をつけられたことにあまり深い意味があるとは思わなかった。卒業したら故郷に戻らなければならないから、というほどの意味だと受け止めた。その先のことなどまだ考えられるわけがなかった。

また、茶道部の人たちには内緒にしておいてほしいとも言われた。副部長としての立場があるからだろうと思ったし、そのようなことを話せる友人もいなかったから、さほど気にもしなかった。

交際を重ねていくうちに、「好き」という感情を初めて知った。

ところが、一年ほど経ったころ、地元に許嫁がいるということを知らされた。寺の一人娘で、それも年をとってから授かった子供だったため、宗派が同じ寺の次男だった彼が婿に入るよう、双方の親が早くに取り決めたのだという。

だったら、どうして誘ってきたのか。放っておいてくれればよかったのに。すぐに別れようと思った。だが、彼を失うことには耐えられそうになかった。

確かに、最初に卒業までだと言われていたのだ。そもそも私などが本気で相手にされるはずがないのだ。卒業まで付き合ってもらえるだけでもありがたく思うべきなのだ。そう考え直した。

しかし、卒業を迎えても、彼はそこで終わりにしようとは言わなかった。許嫁はまだ高校生だから、正式な結納や結婚までには少し猶予がある。それまでなら、付き合うこともできる。また、もしかしたら、その間に、何か状況が変わるかもしれない。だが、だから待っていろとは言わない。続けるかどうかは君が判断しろ。そう言われた。

迷いながらも、結局、続けることにした。それもあって、もともと希望していた大学院に進むことに決めた——。

「……寂しかったの。だから、あなたを巻き込んでしまった」

あの「幾山河」の歌には、切実な「寂しさ」が込められていたのだ。

もしかしたら——という考えがかすめた。参考書をくれる時に書き込んだのではないか。だとすれば、あれはSOSだったのだ。

「……お蜜柑いただいたことあったでしょ。嬉しかったのよ、あの、ちょっとした優しさが」

浅野川大橋を過ぎ、行く手に優美な白いアーチ形の天神橋が見えてきた。

彼は福井県で教員をしている。タイムリミットはじりじりと近づいてくる。日ごとに絶望感が増していく。それでも、状況が変わるかもしれないことに、薄い希望をつないでいたい、と言う。

「状況の変化——って、許嫁が解消されるということですか？」

「そう……だと思う」

「だけど、そんなこと、できるんですか。そもそも、その気はあるんですか、その人に」

「分からない。……私が未亡人になったら、また付き合える、なんて言われたこともあるから」

「なんだ、それ！」

思わず叫んでしまった。

「いくらなんでも、それはひどいじゃないですか」

「……でも、待ちたいの」

微かな苛《いら》立ちを覚えた。ただ、その男に対してなのか美春に対してなのか判然としなかった。

こんな事態に陥る前に、何かできなかったのか。

だが、付き合い始めたのが二年生の春ということは、一樹が入学した年だ。その時、一樹には静岡に好きなひとがいた。美春の存在を知った時点でさえ、池宮との交際が始まるころだった。

だから、不可抗力なのだ。

そう納得させることで、内側に湧き起った悔恨を鎮めるしかなかった。

「……だから、ね、分かって」

これで終わることができるか。納得できるか。

天神橋の欄干から川の流れを見下ろしながら自問した。

穏やかだと言われる浅野川だが、雪の影響か、少しばかり水かさが増していた。

ここに身を投げたらどうなるだろうか。

そんなことをぼんやりと考えた。

二人で手に手を取って……「心中天神橋」……いい外題《げだい》だ。でも、水かさが足りないかもしれない。

思考の方向が逸《そ》れていた。心が現実から逃避したがっているのかもしれなかった。

「……だったら、僕も待ちます」

美春の顔を見て言う。

「だめよ。あなたは、未来のある恋をしないと」

「僕の未来は、ここにあるんです」

　美春は軽く吐息をついて、

「夜遅くにあなたの下宿にお邪魔したでしょ。あの日ね、実は、もう一度確かめに行ってきたの。あなたとのこともあったから、はっきりさせなくちゃいけないと思って」

「で？」

「また振られちゃった」

　それも、本来の使い方ではない。

「気に入ってはいるけど、愛してはいない、って」

「だったら——」

「だけど、やっぱりまだ諦められないの。だから、あなたにこれ以上迷惑をかけるわけにはいかない」

「またですか。迷惑なんて言わないでください」

　美春は再びため息を漏らし、

「あなたのこと、好きになりそうだった。ううん、もう、なっちゃっているのかもしれない。でも、それは、彼に対する気持ちとは違う。だから、もう終わりにしないといけない」

　打ちのめされた思いだった。しかし、

「僕だって、諦められません」

憧れを抱き続けてきた心の歴史に加え、すでに実体を伴った時の流れが生まれてしまっているのだ。もう引き返せない。

「だめ。あなたを苦しめるだけだから」

「いいんです。それでも」

帰りは、互いに口を閉ざしたままだった。

どこに向かっているのだろう。

来た道を戻っても、もう元の場所には帰り着かない。

この先に、何があるというのか。二人とも、ただ、絶望に向かって歩み続けているだけではないのか。

またぼんやりと考えていた。

七　待つ

修士論文の提出を終えた志摩は、時間を持て余しているかのように、頻繁に学部の研究室に顔を出していた。

ある日、例によってドアを急に開けたために、退室しようとしていた女子学生とぶつかってしまった。

「あ、すまん」

慌てて頭を下げた志摩は、彼女の顔を見るなり、

「おぬし、名前は？」と、状況にそぐわない言葉を吐いた。

「……村崎《むらさき》です」

「なに⁉　紫の上か」

「いえ、村の、岬です」

秋に専門課程に上がってきた二年生だった。前髪を額で切り揃えた髪型は、光源氏が出会ったころの紫の上（若紫）に通じなくもない。小柄で、あどけない顔立ちをしているが、

その振る舞いにはおっとりとした気品のようなものが漂う。一樹も最初に聞いた時には、一瞬「紫」だと思ったものだった。

志摩は、その場で、お詫びに下宿まで車で送ると言い出した。迷惑そうな様子にも構わず、強引に駐車場に連れて行った。

「好きだったら好きだと言う。振られたら諦める。どこに悩む余地がある」と言い切った志摩は、本当にその言葉通りに行動したのだった。

それから毎日研究室で待ち構えていて送り続けた。「かわいそうに。怖くて断れないんだろう」というのが大方の見方だった。

その志摩が下宿にやって来た。

「ショッピングに行こう」

え、と聞き返しそうになった。志摩の口に「ショッピング」は似合わない。

「いや、彼女とこれを買った店なんだが、一人じゃ入りにくくてな」

左手をかざした。薬指に指輪があった。

「どうしたんですか、それ」

「婚約指輪だよ」

「ええっ⁉　だって、まだ、十日くらいしか経ってないじゃないですか」

「十日も経っとるんだぜ」

そう言って、にやりと口角に笑みを浮かべて。

「婚約というのは嘘だが、お揃いで買ったんだよ。それで、また、何か買ってやりたくなってな」

少なくとも、そういう関係にはなっているのだ。志摩マジックを見せられたような思いだった。

「大事を成すには、相手に冷静に考える隙を与えてはいかんのだよ。怒濤《どとう》のごとく事を進め、気づいたら、もう後戻りできなくなっていた、という流れに持ち込むことが肝要だ」

得意げに語った。

「で、おぬしの方はどうなっとるのかね」

「それが……」

「なんだ、まだ悩んどるのか」

「ええ、まあ……」

「おぬし、悩むのが趣味なのか？」

「そんな――」

一樹も、さすがに自分だけでは抱え切れなくなっていた。

「やめとけ」

聞き終わって、ぴしりと志摩は言った。

「その男のことが諦められたら、おぬしのところに来ると思っとるんだろうが、そんなに簡単なものではないぞ」

「そうでしょうか」

「本人も言っとるように、それは、その男に満たされない寂しさがおぬしを必要としただけで、恋愛感情とは違う」

「でも、やがて、それが――」

「傍らで支えてくれていたおぬしの優しさに気づき、愛にめざめる――なんてのは、ドラマの中だけの話だ」

いつになく真剣な口調だった。

「――しかし、あの小枝さんがなぁ……なんだか、興ざめだな」

男の愛を何度も確認したということは伏せてあった。それでも美春のイメージは大きく損なわれてしまうのだった。

志摩が向かったのは、若者向けの店が並ぶ竪町のモール街だった。一人では入りにくいというのもうなずけた。ファッション雑貨を扱う店に入った。客は女性ばかりだ。

「おぬしもどうだ？」

そう言われて、美春の誕生日プレゼントを選ぶことにした。

彼女に似合いそうな濃い青色のイヤリングに決めた。もちろん、学生が買える程度ものだ。玩具《おもちゃ》に近い。

帰途、志摩は「ちょっと寄っていかないか」と、自宅に車を向けた。金物屋を営んでいるのだという。志摩は一人息子だと聞いていた。店はどうするのか気になった。

「親の代で終わりだ。――まァ、彼女がやってもいいと言ってくれるんだったら、話は別だがな。おぬしのところも、お茶農家は終わりなんだろ？」

一樹の両親は、この長男が農家には向いていないと早くから感じていたと見え、農作業を手伝わせることもなかった。三歳下の妹に継がせるという発想は最初からなかった。

志摩の家は、車で通っているのが不思議と言うより、むしろ異常なくらいに大学に近かった。鉄筋コンクリートの三階建てで、一階が店舗になっていた。店先にいた母親が驚いたような応対を見せた。友人を連れて来るのは珍しいことなのかもしれなかった。志摩はそんな母親を煩わしそうにあしらって、三階に上がった。

壁一面を埋めた書棚が目に飛び込んできた。ぎっしりと詰まっている。ほとんどが函《はこ》に入った専門書だった。

机の前に、『昭和残侠伝　死んで貰《もら》います』のポスターが額装して飾られていた。諸肌《もろ》脱いだ高倉健が長ドスを提げている。池部良と藤純子の姿もある。

志摩の短髪は、むしろ健さんの影響なのかもしれなかった。

「——ごめんなさい」

「禁煙室」を出て、アパートに送る途中だった。

「誕生日、だめになっちゃった」

美春の誕生日には食事をする約束になっていた。店にいる間には切り出せなかったようだ。

「え、どうして?」

「……お祝いしてくれると言うの」

思考が一瞬停止した。

どういうことだ。

「……愛してなくても、祝ってくれるんですか」

「そんなこと言わないでよ」

一樹自身も、言ってしまってから、その心なさを自覚した。だが、胸に湧いた疑問を言葉にすればそういうことになる。

「連絡してきたんですか？」

気まずそうな顔を浮かべて押し黙る。

「え、会ったんですか？」

十二月の終わりに気持ちを確かめに行き、「愛していない」と言われた。それを「振られた」と表現した。だから、それが最後だと思っていた。それからは、まだ諦められないとは言いつつも、そういう方向に向かって歩んでくれているものと思っていた。そして、美春の誕生日を二人で祝うことによって、「春立てば」の歌に込めた願いに向けて大きく前進するのだと考えていた。

「……月に一、二回くらい、会いに行ってるの」

「なんだ、それ！」

道路脇の黒く汚れた雪を蹴った。

怒りとも憎悪ともつかない、凶暴な感情が噴き出していた。半ばは、自分の甘さに対してのものだった。

「でも、僕の方が先約ですよね」

かろうじてそれだけ言えた。言い終わらないうちに、意味のない言葉だと思った。

「ごめんなさい。でも……」

「僕が、どんな気持ちでその日を過ごすか、分かるでしょ？」

「そんなこと言わないで！」

悲鳴に近かった。同じ言葉でも先ほどとは全く響きが異なっていた。

確かに、「それを言っちゃあおしまいよ」だ。「待つ」とは、そういうことをすべて含めて「耐える」ということなのだ。その覚悟をもつということなのだ。

二人の男を同時に好きにはなれないと言う彼女に、そして、あの男への気持ちとは違うと言い張る彼女に、それでも「待つ」と宣言したのはこちらなのだ。これからもなお「待つ」というのであれば、引き下がるしかない。

それに、彼女も、許嫁の解消というわずかな希望に縋って、大きな不安と闘っているのだ。「待つ」という点では同じなのだ。その相手が祝ってくれるというのであれば、そちらに行くに決まっている。

そもそも彼女の誕生日なのだ。彼女を悲しませたり、辛い思いにさせたりするのは、全く本末転倒だ。

捩《ね》じ込むように自らに言い聞かせた。


二月五日は日曜日だった。

プレゼントだけ前日に渡した。

あの男が来るのか、彼女が行くのか。いつ会う。昼か、夜か。

愛していないとはいえ、自分に好意を寄せている女性の誕生日に、一体何をして過ごそうというのか。

妄想が襲う。声を上げ、身を捩《よじ》り、転げ回りたくなるような狂おしさと闘った。

酒を飲んで寝てしまおうとしたが、ますます妄想が駆け巡るだけで、とうとう一睡もできなかった。

長い夜がようやく明けた。だが、講義を聴ける状態ではなかった。いつも一緒に出る芝山に、具合が悪いとだけ伝えた。

昼過ぎに、「杉崎さん、いらっしゃいます？」という片瀬の声がした。

「お電話ですよ。いつもの方《かた》」

「いつもの」と言われて、妙な喜びを覚えたが、その言葉に見合う安定した関係性があるとはとても思えなかった。

子供を背負った片瀬に、強張《こわば》った顔で会釈をして玄関に入り、受話器を手にした。

「研究室に行ってみたの。そしたら、今日は休んでるっていうから……」

「……芝山？」

「うん、二年生の子」

「………」

「……お昼、食べたの？」

「これからです」

「食べるもの、あるの？」

そんな心配しないでくれ。するなら、もっと根本のところでしてくれ。

「何か、持って行こうか？」

「大丈夫です」

どこに行った。何をした。

男は何と言った。状況に変化はあったのか。

訊きたいことはたくさんあった。だが、言葉に出せなかった。

渦巻いていた妄想が現実のものだったと知らされるのが怖かった。妄想だと思っていられる方がよかった。

片瀬はドアの外で待っていてくれた。

「今日はお休みだったんですか？　芝山さんはお出かけのようでしたけど」

「ええ……ちょっとサボっちゃいました」

「あら。それで、心配して電話してくれたのね」

「でも、いろいろと、難しくて」

つい、ぽろりとこぼしてしまった。

「そうなんですか？　……女性って、厄介なところがありますものね」

意外な言葉が続いた。

「……杉崎さんは、とても優しい方なんだと思うけど、でも、時には、優しいだけじゃいけない時もあるんじゃないかしら」

そう言ってから、

「ごめんなさい、立ち入ったこと訊いてしまって。……でも、いいわね、若いって」と目を細めた。

きらきら光る瞳があべ静江に似ている。十歳ほど上だと思われる。勤め人の夫との間に二人の子供がいるが、夫の方とはほとんど顔を合わせる機会がない。だから、一樹も芝山も彼女のことを「片瀬さん」と呼び、夫を指す場合には「御主人」と言っていた。

「片瀬さん、いいよなぁ」が芝山の口ぐせだ。「御主人は、どこで彼女と出会ったんだろう。ズルいよなぁ」とも言う。全く同感だった。

片瀬からは、学生や学生時代というものを大切にしているという感じを受ける。「コーヒーいかがですか」と届けてくれたこともあった。豆を挽《ひ》いた本格的なものだった。それは文化の香りというだけでなく、知性の香りでもあるように思えた。今の言葉からも、そこに知的なものを感じるとともに、彼女自身にも、図らずも振り返ってしまうような若い日があったであろうことが想像された。

そういう女性が近くで見守っていてくれると思うと、少しばかり救われるような気がした。

七
待つ

翌朝、研究室に行くと、木内《きうち》という二年生の女子が小走りに寄って来た。

「小枝さんと連絡とれました？」

「え？　……ああ、なんとか」

木内は長い髪を真ん中で分け、薄いそばかすのある頬に、澄んだ目が印象的だ。しとやかな才女だが、時折お茶目な面を見せることもある。

「小枝さん、午前中にも一度いらしたんですよ。誰かを探しているようでしたけど、そのまま出ていかれて。でも、昼休みにまたお見えになったから――」

「ありがとう。欠席だと伝えてくれたみたいだね」

「……どうかされたんですか？」

休んだ理由とも、美春との関わりのこととももとれた。

「うん、大丈夫」

曖昧に答えたが、それ以上は訊いてこなかった。


美春とは、待ち合わせをしない限り会うことはない。気持ちが落ち着くまで連絡を取らなければよいと思っていた。だが、めったに顔を出さない研究室に二度もやって来たと聞いて、心が揺れた。

心配してくれたのだという喜びとともに、申し訳ないという気持ちが生まれた。講義を休んだことが、高校の保健の授業で習った「退行現象」のように思えてきた。

その夜、電話を入れた。

会うことを続けながら気持ちを整理していくしかなかった。

八　冷たい唇

「福音館」での夢のような出会いから随分遠いところに来てしまっていた。二人でいる時間を純粋に楽しむことは、もはやできなかった。幻滅し、嫌気がさせば、その方が楽なのかもしれなかった。しかし、どうしてもそうなれないのだった。

あの男のことは日常的な話題となり、美春がそれを口にする時に、思い詰めたような表情を見せることはなくなった。

「許嫁の解消なんて、ほとんどあり得ないんじゃないの？　だから、一刻も早く、別の道を歩み始めた方がいいよ」

「そうかな……」

「そうだよ。未来のない恋だって、自分でも言ってたじゃないか。完全に終わりがくることが見えているのに、そこで悲しい目に遭うことが分かっているのに、ただただそこに向かって歩み続けるなんて、愚かだよ」

一樹は、意識して敬語を使わないようにしていた。

「そうかなぁ」と美春は繰り返して、

「結婚できなくたっていいのよ。ただ、傍《そば》にいさせてもらえれば。だから、いつか終わるんだとしたら、せめて、その時までは一緒にいたいって考えるんだけど、おかしい？」

おかしくない。そう思ってしまう。それが、心の問題である限りは。

「だけど、そんなことを続けていたら――」

言葉を探した。

「不幸になるよ」

「私は、幸せだと思ってるんだけど」

「いや、確実に、不幸になるよ」

「……あなたこそ、私なんかにいつまでも関わっていたらだめよ」

「『私なんか』と言うなよ」

「私は、つまらない人間なんだもの。あなたがこんなにしてくれる価値なんかないんだから」

「そんなことない！」

自分の情熱自体も貶《おとし》められたように思えた。

「愛していないと言われ続けているから、そんなふうに思ってしまうんだろ？」

「……彼は、とても立派な人なの。しっかりした考えをもっていて、それをはっきりと言葉で伝えることもできる。だから、その言葉は重いのよ」

「だからといって、その人の評価が絶対ではないだろ」

「だけど、私には絶対なの」

人を好きになるとは、そういうことだ。反論することができない。

「だから、そういう人の近くに置かせてもらえるだけで幸せなんだと思っている。それだけで、自分にも少しは価値が生まれるように感じる。でも、それも、彼がもう会ってくれないと言ったら終わり。そうしたら、私は一人で生きていくんだ」

下宿に帰ると、芝山が部屋の明かりを小さくしてレコードをかけていた。小椋佳の『六月の雨』だった。

芝山は、よく恋をし、なぜかいつもうまくいかない。そのたびに部屋を閉め切ってこの歌を聴く。

「入るぞ」と断って、ガラス戸を開けた。

炬燵の上の一升瓶が目に入った。芝山は湯呑み茶碗を手にしている。

「……付き合おうか」

一樹は台所から湯呑みを持って来て、自分で注いだ。

「だめだったか」

「……もう忘れてほしいとさ」

芝山はクリスマスの夜を同期の女性と過ごしていた。

「そう言われても、同じ研究室だから、辛いよな」

一樹が言うと、芝山は口まで持っていった湯呑みを止めて、

「でも、忘れてほしいと言うんだったら、必死で忘れてやるのも愛だと思うんだ」

苦しげな顔で言って、ごくりと酒をあおった。

感傷が混じっているとは思う。だが、そこには悲壮な潔さがあった。こちらの執着が否応なく醜く見えてしまう。

「そっちは、どうなってるんだ?」

「……杉崎は、彼女の寂しさを慰めてやる男にはなれても、彼女に寂しさを教える男にはなれなかった、ということか」

芝山はそんな表現で感想を語った。「微妙な点において欠けるところがある」と言われ

たような気がした。微妙ではあっても、それは致命的だ。

「不毛な愛だぞ、それは。杉崎は、小枝さんの心がこっちに向くのを待っている。小枝さんは、その男の許嫁の件がはっきりするのを待っている。結局、すべての鍵をその男に握られてるんじゃないか。お前の主体性は、どこにあるんだ」

そして、美春に対しては露骨に嫌悪感を示した。

「だけど、そういう男がいるのに、お前とも平気で付き合える神経が、俺には理解できないな」

彼女との交際を自分のことのように喜んでくれていただけに、裏切られたように感じたのかもしれない。

しかし、美春は平気で付き合っているわけではない。何度も「終わりにしよう」と言っているのだ。それを一樹の方が駄々をこねるようにして引き延ばしてもらっているのだ。自分が彼女の印象を悪くしてしまっているのだと思うと、申し訳ない気がした。

芝山は、一樹が大学に入って最初に言葉を交わした相手だった。

オリエンテーションの日、教室に出席番号順に座った。前の席の男が、くるりと振り向いて、「俺、芝山。国文に行くつもり。君は？」と訊いてきた。鼻筋の通ったクールな顔立ちをしていた。

群馬県の出身で、高校二年までは理系だったのだが、萩原朔太郎の『恋愛名歌集』を読んでにわかに古典文学にめざめ、文転した。大学も、朔太郎の魂の友と言うべき室生犀星が金沢の人だということで、ここを選んだのだという。この下宿は芝山が見つけてきたものだが、犀星ゆかりの犀川の近くというのは偶然ではないはずだった。

教養課程の「数学」は、個別に出された課題を解いて提出すれば単位がもらえたので、そういう芝山の存在はありがたかった。

ただ、身体に流れているのはセンチメンタリズムなのだが、そこに理系的な資質が混じっているからややこしい。曖昧さを認めず、1か0か、きっぱりと分けようとする傾向がある。好感を持っていた相手が、想像していたものとは違う側面を見せたりすると、とたんに好悪の感情がデジタル的に反転する。美春に対しても、それが発動したようだった。

志摩はしばしば下宿にやって来た。一樹のことを心配してくれているからではあろうが、自身のことを語りたいという面もあるように思えた。

県立高校の採用が内定していたが、赴任先が決まるのは三月中、下旬だという。

「近くだといいね、などと言ってくれてな」

一樹の番になり、その後の概略を語った。ただ、誕生日の件については触れることを避けた。

「なんだ、まだ同じことを繰り返しとるのか」

誕生日のトラブルを省いて語れば、表面的はそういうことになる。

「芝山には、彼女の神経が理解できないと、厳しいことを言われてしまいました」

「そう考えるのが普通だろうな」

志摩はそう応じてから、煙草に火をつけた。一口吸って、煙を吐くと、

「今まで一人で寂しさに耐えてきた。そこに、その心の穴をかりそめにも埋めてくれる相手が現れた。そして、誰にも言えないでいた悩みを打ち明け、優しく包んでもらった。そうなると、もう元の状況には戻れないものだと思うぞ。頭では、おぬしにすまないから、退けなければいけないと思う。それも本当の気持ちだろう。しかし、どうしても心はおぬしを求めてしまう」

その言葉は救いとなった。そう解釈することで、自分の後ろめたさも少しばかり薄めることができた。

「だが、おぬしには、おぬしはおらんのだぞ。おぬしの心の穴は、誰が埋めてくれるんだ？」

厳しい指摘だった。

「わしが埋めてやろうか。ただし、抱きしめてはやれんぞ」

相変わらずどこまでが本気か分からない。

「――ところで、今までも感じていたことだが、おぬしはどうも、彼女の言葉の一つ一つを深く解釈したがるところがある。だが、小説とは違うんだからな。現実のわしらは、必ずしもいつも選び抜いた言葉を口にしているわけではない。殊更意識せず、たいした意味もなく、あるいは自分自身でも理由が分からずに発してしまう言葉もある。時には、その場の思いつきで法螺《ほら》だって吹く。深く考え過ぎるのは危険だぞ」

思わぬ点を突かれた。全く自覚していないことだった。

「しかし、まァ、それがロマンチストということでもあるんだがな」


追い出しコンパが兼六坂上の「兼見御亭《けんけんおちん》」で開かれた。卒業式の一か月前に卒論の口頭試問があり、その夜に開催するのが慣例だった。

志摩が初めて出席した。主賓ということもあったが、村崎がいるからだと誰もが了解していた。ただ、酒が飲めないというのは本当だったらしく、すぐに顔を真っ赤に染めた。

美春も出席していた。酒を注ぎにくる下級生たちに、静かな笑みを湛《たた》えて応じていた。

自分から話しかけることはないが、翳りのヴェールで隔てを置くような雰囲気はなくなっている。それでいて、遠目には、かつての神秘なるたたずまいは保っているのだった。

散会となり、声をかけた。

「どこかで飲む？」

「それより、ちょっと歩かない？」

二次会に進む流れは兼六園の裏手に向かっている。学生の間で「ロマン坂」と呼ばれている坂を下って、県庁前から香林坊に出るのだろう。その流れから逃れるようにして、二人で兼六坂を下った。

左手に石川門が見えてきた。金沢の冬には珍しく月が出ていて、屋根瓦と石垣を白く照らしている。

「……月って、怖いほど城跡に似合うね」

「『荒城の月』ね」

「永遠なる月が、人間の営みのはかなさを照らし出すってことか」

「かぐや姫が見上げていたのも、そんな月だったのよね」

「そうなの？」

「彼女は、月の世界の人。ひとたび永遠なるものを知ってしまった目には、濁ったこの世は、はかなきものにしか映らない。死からは逃れ得ず、地位も権力も、そして愛さえも永遠なものではない。だから、誰の求婚にも応じず、帝の求めさえ拒んで、白く、澄んだ、永遠の世界へと帰って行った――」

「へぇ……」

「と、どこかで読んだ」

「一瞬、尊敬しそうになった」

「それは残念」と笑って、

「でも、大学が移転することになったら、本当に『荒城の月』になってしまうわね」

「え、移転するの？」

「鮎井先生が志摩さんに話しているのが聞こえたのよ」

「でも、どうしてだろ」

「部分的に漏れ聞こえてきた話だから、正確なことは分からないけど、教養部も含めて、各学部における施設の環境整備が課題だったようなのね。そこに、法文学部の分離改組の構想が加わった」

「ブンリカイソ？」

「うちの法文学部って、ちょっと特殊でしょ。それで、法学部、文学部、経済学部というように独立させたいということなんだと思う」

なるほど、それは理解できる。

「ただ、そうなると、ますます施設の拡張が必要になってくる。だけど、城内にはこれ以上建てられない。それで、城外移転という話が持ち上がったみたい。もちろん、これから検討されていくらしいけど」

「大騒ぎになるんじゃないかな」

「本当はまだ学生に漏らしていいような段階ではないのかもしれないわね」

「それにしても、勿体ないよなぁ」

一樹がここを選んだ最大の理由が失われてしまう。

「そうよね。すべてが消え去った城跡に、あなたと二人で立って、『かつて、ここに――』なんて思い出話をする……。想像できる？」

「……できないな、とても」

大学がなくなった状態も、若き日を振り返っているという状況も、想像するのは難しかった。年をとった美春と並んでいる場面も思い描けない。ただ、そういうシチュエーションには惹《ひ》かれるものがあった。しかし、その時、二人はどんな関係でいるのだろう。

石川門の下に、白鳥路という小道がある。かつてのお堀の跡だ。肩を抱いて、人気のない道を歩く。二人の影だけが動く。

大学をぐるりと回る形で反対側に出た。ステンドグラスが嵌《は》め込まれた神門で有名な尾山神社がある。裏門から入ると、左手に小ぶりな日本庭園が築かれている。その池に面したベンチに腰を降ろした。

夜気が冷たい。微かに風もある。池には漣《さざなみ》が立ち、月影を揺らしている。

「……永遠の愛でなくてもいい。せめて、未来のある恋がしたいな」

白い息が肩のあたりで広がった。いつになく弱々しい声だった。

「私ね——」

視線を足元に落としたままで言う。

「許嫁がいると聞かされて、ショックだったし、目の前が真っ暗にもなった。でも、心のどこかでは、そういうものなのかなと感じてもいたの」

「そういうもの？」

「それも、仕方がないというか……」

「自分は愛される価値がないから？」

「それもあるけど、今まで男の人を好きになったことがなかったから、よく分からなかったのかもしれない。……でも、あなたが現れて、違う恋のかたちがあると教えてくれた。光の世界を見せてくれた。だから……困ったのよ」

「困った？」

「今の状況は闇なんだと、思い知らされちゃったのよね」

「だったら、光の世界においでよ」

「そうよね。そうすべきよね。分かっているの。だけど、たとえ闇であっても、やっぱり捨て切れないのよ。ただ……なまじ光を知ってしまったから、闇が、辛くなった。今までは、なんとかやってこられたのに、今はだめなの。弱くなっちゃったのよ。……ごめん、変なこと言って。でも、私、どうしたらいいのか、分からないのよ」

　何か言わなければならない。必死に言葉を探る。

「……人の心って、ページが改まるように綺麗に変わるものじゃないだろ。過去の闇を引きずっている今があり、そこに、同時に、未来の光も射している。そういう連続した時間の中で、少しずつ移り変わっていくものなんじゃないの？　大切なのは、その明るい光をめざすことを決して忘れないこと、だろ」

「でも、なんだか、彼を忘れるためにあなたを利用するみたいで、嫌なのよ、そんなこと。狡いし、あなたにも失礼じゃない」

「いいんだよ。僕がそれでいいと言っているんだから」

「……そんなふうに言ってくれるから、私、どんどん弱くなっていく」

「それは、決して弱いということじゃないと思うよ。それに、弱くたって、いいじゃないか。人は、みんな、寂しいんだから」

「寂しい……よね」

つぶやくように言うや、一転して声を詰まらせ、

「何も考えないで、飛び込めたらいいのにね」

抱いていた肩を引き寄せた。

美春は目を閉じ、顔を反らせた。

冷たい唇を合わせた。

九　花びらながれ

マッチ箱が増えていった。

兼六坂の途中にある「バロン」。逆L字形になった先のテーブル席が一面ガラス張りになっていて、卯辰山や、遠く医王山《いおうぜん》を望むことができる。

犀川沿いの「六本木」。カウンターの正面がやはりガラス張りで、川の流れが一望できる。

片町の「ミュンヘン」。生ビールで乾杯し、ソーセージを分け合って食べた。

小立野の「しなの」。お好み焼きをつつきながら、二合徳利の熱燗《かん》を五本空けた。

ただ、そんなことを続けていては財布がもたない。しかし、互いの下宿にはそれぞれ事情があって、夜の時間を部屋で過ごすことはできない。二十四時間営業の「ミスタードーナツ」で夜更けまで粘ったことがあるが、それにも限りがある。幸い、暖かい季節に向かっていたので、犀川や浅野川に沿って歩いたり、川べりに腰を下ろして語らったりすることが増えた。

室生犀星が「美しき川は流れたり。そのほとりに我はすみぬ」と歌った犀川は、川幅が広く、視界が開けている。河川敷も整備されており、休日には市民の姿も多く見られる。正月には消防の出初《でぞ》め式、夏には花火大会が催される。

一方、泉鏡花が「女川」と呼んだ浅野川沿いには、金沢らしい風情が色濃く残っている。昔ながらの家並が続いていて、夜にはそれらの窓から漏れる灯が、浅い川面に反射して妖しく揺れる。

犀川が生活を抜け出して憩う川であるなら、浅野川は生活の裏側を流れる川だった。平日の夜は浅野川で過ごすことが多かった。武蔵ヶ辻から川に向かう。小橋《こばし》の手前で左側の路地に入る。人家から漏れ来る明りを頼りに進むと、コンクリートの堤防に出る。

川の湾曲に合わせてその堤防がせり出した箇所があり、道との間にわずかな空き地ができている。そこに、ブランコと滑り台が窮屈に置かれていた。それらは、夜には子供たちの姿がないだけに、薄暗い街灯の下、まるでこの世の秩序から締め出されたもののように映る。

そこが、二人の「いつもの場所」だった。

川面に揺れる灯を見つめながら、声をひそめて語り、身を寄せ合う。それは、かみ合わない想いを抱きながらも互いを必要としているという、歪んだ関係ではあった。しかし、二人ともそれをさほど異常なことだとは感じていなかった。

初めてキスした時、美春が半ば促すように振る舞ったことが信じられなかった。一瞬、「いいの?」と訊きそうになった。

下宿に帰ってからも、「とうとう」という興奮よりも、「らしくない」という不安の方が大きかった。二人の男を好きになる自分が許せないと言っていたことと、合わないような気がした。自暴自棄になっているのでなければよいが、とさえ思った。

だが、ひとたび唇を重ねてしまうと、もう以前の二人には戻れない。不安は薄れてゆき、それは自然な流れとなっていった。


志摩の赴任先が決まった。県の西部にある普通高校で、下宿した方が便利だが、一時間弱かけて車で通うという話だった。

そして、卒業式を迎えた。

在校生は関わることができない。ただ、「観光会館」での式後に城内に移動し、法文学部棟の玄関前で集合写真を撮ることになっていた。

一樹はそこで初めて美春を遠巻きに見ることができた。着物姿だった。淡いクリーム色の地に明るい緑で笹を描いた柄だ。赤系統が多い中で、その緑はひときわ新鮮に映った。

紅を差し、きゅっと結んだ唇は、何かの蕾を思わせた。

美春が院に進み、志摩が大学を去る。それは、まるで一つの時代の終わりであるかのように感じられた。

「桜、咲いたかしら」

明日から新年度という日の午後、「禁煙室」で美春がつぶやくように言った。

「行ってみようか」

まだ早いように思えたが、それも酔狂だ。

橋場まで行き、浅野川大橋に出た。右折して、上流に向かう。

コンクリートの堤防沿いに桜並木がある。だが、天神橋まで歩いたが、どの枝もふくらみかけた蕾が並んでいるだけだった。

「……今年の桜は、あなたと見たいと思ったの」

「どうして？」

「私ね、『スカイラウンジ』から見た雪も、石川門に照る月も、なんだかとてもかけがえのないものに思えたの」

「じゃ、兼六園の桜も犀川の花火も、一緒に見よう」

並んで橋の欄干から川の流れを見下ろした。水かさが増し、色も変わっていた。大雨の後のような濁った土色ではない。ガラスの切断面を横から覗いたような色だ。

「雪解け水なんでしょうね」

しばらく並んで見つめていた。

「……こっちの雪解けは、始まっているのかな？」

「どうかしら……」と、美春は一樹をちらと見て、

「万年雪というのも、あるから」

冷たい調子ではない。戯れを含んでいる。

「それでも……溶けるまで待つよ」

「溶けないから万年雪なんでしょ」

「じゃ、二人で溶かそう」

美春は苦笑とも嘆息とも取れるものを漏らした。

「……この天神橋はね、鏡花の『義血侠血《ぎけつきょうけつ》』で、滝の白糸が大切なひとと出会う場所なの」

ふわりと話題が変わる。

「滝の白糸」がヒロインの名であることくらいは知っている。通ってきた道沿いに「瀧の

白糸碑」というものもあった。

「正確には、前に一度会っているから再会なんだけど」

「じゃ、僕たちも、改めて、出会おう」

美春に向かって両手を広げた。

「さあ、飛び込んでおいで」

「……よしてよ」

構わず両腕の上から抱きすくめた。

「こうすれば、溶ける」

さらに強く抱きしめた。

「あなたに言われると、そんな気がしちゃうのよね」

「ここが、『寂しさの果てなむ国』なんだ」

「悪魔の囁きね」

「天使の囁きだよ」

「ペテン師……」


金沢の春は一気にやってくる。

九
花びらながれ

兼六園を二人でソフトクリームを舐《な》めながら歩いた。

日本三名園に数えられ、国の名勝にも指定されているこの庭園は、春の桜、初夏の躑躅《つつじ》や杜若《かきつばた》、秋の紅葉、冬の雪吊りと、季節に応じた美しさを見せる。

昭和五十一年の夏までは、いつでも自由に出入りできた。冬の早朝に、全く足跡のついていない新雪を踏みしめるのは快感だった。杜若の蕾が開く時にポッと小さな音がすると五木寛之が書いていたので、深夜から待ち構えていたこともある。

大学からの帰りに通り抜けることもあった。季節の移り変わりが実感できる贅沢な通学路だった。

有料化され、開園・閉園時間が設けられた今では、そんな風流も昔語りとなった。

「芝山はね、夏の夜に水のほとりで煙草を吸っていたらしいんだ。すると、遠くで『大きい蛍がいる！』という子どもの声がした。それで、咄嗟に煙草を空中で泳がせて、蛍を演じてみせたというんだよ」

「おかしい……けど、いい話ね」

「あいつも、きっと恋の悩みでも抱えていたんだろうにね」

恋の悩み……。

自分の言葉に反応してしまった。

どうなるのだろう、この先。

桜の枝を見上げた。

「――あはれ花びらながれ」

高校で習った三好達治の『甃《いし》のうへ』が口をついた。

「あら」と言って、

「をみなごに花びらながれ」と美春が継いだ。

「をみなごしめやかに語らひあゆみ」と一樹が続ける。

「うららかの跫音《あしおと》空にながれ」と美春が応じ、

「をりふしに瞳をあげて、翳りなきみ寺の春をすぎゆくなり」

二人で声を揃えた。

美春の髪を、薄桃色の一片《ひとひら》がかすめて過ぎた。

一樹の誕生日には、「薔薇は枯れてしまうから」と、ネクタイピンをプレゼントしてくれた。翡翠《ひすい》をあしらったものだった。美春の出身地は翡翠の産地として有名なのだという。

「翡翠は、中国では玉《ぎょく》と呼ばれて、仁・義・礼・智・信の五徳を備えた王の象徴なのよ。あなたにふさわしいでしょ」

その夜、「いつもの場所」で、思い切ってブラウスのボタンに手を伸ばした。

美春はそれを上から指で押さえた。

「だめ？」

「……私、胸、小さいの」

美春が初めて女性の顔を見せたような気がした。

「僕は、牡丹《ぼたん》みたいに豪華な花より、もっと、慎《つつ》ましげな花が好きだから」

「慎ましげ……？」

「かすみ草とか」

「小さ過ぎでしょ」

微かに笑いを含んで言う。

「じゃ……夕顔かな」

「物の怪《け》に取り殺されそう」

「大丈夫、僕は光源氏じゃない」

軽く息を吐いて、美春の指が緩んでいった。

ゆっくりと、雪解けが進んでいるかに見えた。

しかし、根本の問題は何ら解決しないままであったから、大きな揺り戻しがきた。

「あなたといると、落ち着いた、安らいだ気持ちになれる。感じ方にも通じ合うものがあるから、話していて楽しいし、のびやかな気分にもなれる。だけど、やっぱり、それはあのひとへの気持ちとは違う」

「だったら、どうして――」

その先は口にできない。

「あなたのことだけを考えようとしたこともあるのよ。あなたを愛していこうと思った。できそうな気もした。でも、やっぱり、違う。……愛じゃない」

がしゃりと重いシャッターが降りた気がした。

別れは何度も切り出されている。だが、これは決定的な響きがあった。

「……何が違うんだ」

呻《うめ》くような声になった。

これまでに二人で描いてきた数々の場面や、この「いつもの場所」で幾度となく交わしたキスや抱擁を思うと、「違う」ということがどうしても納得できなかった。「愛されていない」という実感がないのだ。

「ね、だから、もうおしまいにして」

「頼む！」

美春は振り払おうとする。

「頼む。まだ待ってくれ。まだ、結論は出さないでくれ」

美春はそれでも立ち去ろうとする。振り上げていた手で腕を摑んだ。

思わず右手が動いた。美春がびくっと身をすくめる。頰を叩きそうになって、寸前で止めた。自分の中にそういう卑劣な部分があったことに驚いた。

「嫌いって言えばいいの!?　じゃ、キライ！」

口調が激しくなっていた。

「どうしてよ。どうしたら、分かってくれるの!?」

「だめだ！」と一樹も立った。

立ち上がる。

「ね、お願い。サヨナラ」

「嫌だ」

ようやく力が抜けていった。

自己嫌悪にまみれた収め方になってしまった。

次の土曜日、芝山と外で飲んだ。美春とのことで少し気まずいものが生まれてしまっているので、修復するという意味合いもあった。

「――俺は、杉崎の恋愛は近くで見てきたけどさ、今回は今までとは違うなと感じているんだよ」

美春のことは話題にしないつもりでいたが、芝山の方から持ち出した。

「静岡の彼女の時も、池宮さんの時も、ある時点で、お前は踏ん切りをつけたじゃないか。だけど、今回はやけに諦めが悪い」

後輩と別れた時は、すぐに金沢に戻り、しばらく寝込んでしまった。五日後、便箋十三枚にわたる手紙を書いた。彼女は「杉崎さんは、私にとって何なのか、分からなくなっていたの」と、自らを責めるようなことを口にした。だが、実は、一樹も同じだったのだ。むしろ、一年半もの間、遠く離れていたのに、特別な工夫も努力もしてこなかったこちらに責はあるのだと伝えたかった。それで、どうにか気持ちにけりをつけた。

池宮の時は、まもなくめぐって来た彼女の誕生日に、一縷《る》の望みを託してプレゼントを郵送した。だが、「これはいただけない」と返されてしまった。象徴的な意味で渡してあった下宿の合鍵も同時に返された。それで、もう本当に戻れないのだと観念した。

「もっと諦めが悪いのは、小枝さんだけどな」

芝山は盃を空けた。一樹が注ぐと、またそれを半分空け、

「俺は、彼女に、なんか植物的なものを感じていたんだよ。桔梗《ききょう》とか釣鐘草《つりがねそう》とか……」

言われて、なるほどと思った。確かにそういうところはある。

「だから、今の彼女には、がっかりさせられたというか、嫌な感じがするんだよな。釣鐘草どころか、まるで『道成寺《どうじょうじ》』じゃないか。相手が坊さんだけに」

あられもなく恋情の炎《ほむら》に身を焦がしているみたいでさ、やめてほしいんだよな。あら
安珍清姫《あんちんきよひめ》伝説だ。熊野詣《くまのもうで》の途中に一夜の宿を求めた美形の僧・安珍に、清姫が懸想《けそう》をする。安珍は帰途に立ち寄ると約束して去るが、別の道を通って逃げるように帰ってしまう。裏切られたと知った清姫は大蛇となってあとを追い、道成寺の鐘の中に隠れた安珍を、鐘ごと焼き殺す。

譬えは気が利いているが、「あられもなく」は聞き流せない。

「だけど、恋に身を焦がすのは、俺も同じだし、芝山だって――」

「男はいいんだよ。だけど、女にはそうあってほしくないんだよな」

「それは、男の勝手な願望だろ。女だって、一途な恋をしてもいいじゃないか」

「やけに肩を持つな。……ま、俺には関係ないけど」

そこで互いに話を打ち切ったが、わだかまりは残った。

一樹にも、そんな願望が全くないわけではなかった。むしろ、心の奥底に押し込めている思いに触れられたからこそ、言い返さなければならなかったのかもしれない。


翌朝、窓の下から片瀬の声がした。

「杉崎さん、起きていらっしゃる？」

窓を開けた。

「昨晩は遅かったようね。いつもの方からお電話がありましたよ。かけてあげて」

言葉遣いに親しみが感じられた。

すぐに電話ボックスに走った。

待っていたかのように、美春が電話に出た。

「このあいだは、ごめんなさい」

「いや、こっちこそ、悪かった」

微妙な間がある。

「……これからも会ってくれる？」

「いつだって、山河を越えて駆けつけると言っただろ」

「よかった……」

志摩が言ったように、美春の中で、一樹を頼ってはいけないという思いと、どうしようもなく求めてしまう心とがせめぎ合っているようだった。

芝山も起きていたが、戻ってもガラス戸は閉まったままだった。


そして、六月に入り、〝事件〟が起こる。

土曜の夜に会うことになっていた。ところが、その日の朝になって、急に実家に帰らなければならなくなったという電話が入った。午後の電車に乗るという。嫌な予感がした。

一樹は駅に行き、入場券を買って、ひそかに改札口を見張った。実家に向かうなら下りだ。それだけ確認して安心したかった。

美春はなかなか現れなかった。すでに出発してしまったのかと思いながらも、待ち続けた。朝から何も食べていなかったので、売店で名物のあんころを買った。しかし、二個喉を通っただけだった。

ようやく姿を見せたのは、三時近くになってからだった。いつもと変わらない大きさのバッグを肩に掛けている。それが女性の帰省として自然なものかどうか分からなかった。

切符を購入する。改札を通る。適度の距離を保って後を追った。階段を下り、通路を進む。向かったのは、上りのホームだった。

列車が到着した。福井行きの快速だった。美春が乗り込む。不意に湧き起こった衝動に任せて、隣の車両に駆け込んだ。連結部分に立って、ガラス越しに様子を窺《うかが》った。長く揺られ、美春が降りたのは終点の福井だった。土曜日の午後ということもあって客は多い。その群れに紛れて改札に向かった。後ろ姿を目で追いながら精算を申し出た。美春は真っ直ぐ出口を目指している。

急いで駅前に出ると、白い車の助手席に乗り込む美春が見えた。かろうじてナンバーが読み取れた。７０２０——覚えやすい数字だ。車に詳しくないので車種までは分からなかった。

その夜、待合室であんころの残りを食べながら、下りの最終まで待ち続けた。だが、美春は現れなかった。

金沢に戻り、駅を出ると、雨が降り出していた。滝に打たれる修行僧のように、その中を歩き続けた。

そんな自分を上空から見下ろしている映像が頭に浮かんでいた。もう一人の自分がいるような感覚だった。

翌日、久しぶりに志摩が下宿に現れた。

「ここに来ていてもいいんですか」

「なんだか知らんが、用事があると言うんだよ」

一樹の顔を覗き込んで、

「また悩んどるようだな」

「……分かります？」

「おぬしは分かりやすい。すぐ顔に出る」

志摩の出現は救いだった。昨日のあらましを話らずにはいられなかった。

「泊まったという確証はあるのか」

「今までも、月に一、二度、行っていたそうですから」

「なに⁉　そんなこと、おぬし言っとらんかったではないか」

そこまで伝えることは憚られたのだった。もちろん、彼女は「会う」と言っただけだ。

だが、それは日帰りというニュアンスではなかった。

「小枝さんは嘘をついたわけか……。なんだか、嫌な気もするな。まァ、本当のことを言うわけにもいかなかったんだろうが」

「僕のことを慮《おもんぱか》ってくれたという面もあるんだと思います」

やはりまだ伝えてなかった誕生日をめぐるやりとりを話した。

「僕がどんな気持ちで過ごすか、なんて言っちゃったから」

「……優しいな」

「ええ、そういうところがあるんです」

「いや、おぬしのことを言ったんだ」

「え……」

「だが、そういうことだったら、杉崎君、もうだめだぞ」

黙っていると、

「まさか、おぬし、泊まっても、何もなかったかもしれないなどと、ロマンチックなことを考えとるんじゃあるまいな」

分かっていたつもりでも、はっきり指摘されてしまうと、さすがにこたえる。

「まだ続けるつもりか？　おぬし、そういうこと、気にならない性質《たち》か？」

「いえ……」

平気だったら、苦しみはしない。

「だったら、悪いことは言わん、もうやめろ」

「………」

「たとえ、そいつとのことが終わって、おぬしのところへ来たとしても、そいつの幻影にずっと苦しめられることになるんだぞ。それで、結局、二人とも傷ついて、破局を迎えるんだ。分かり切ってるじゃないか、そんなこと。

苛立ちが混じっていた。

「これ以上続けたら、それこそ、学生時代を空費することになるぞ」

駄目押しのようにその言葉が突きつけられた。

次に会った時に、美春の挙措に少しも変わったところは感じられなかった。もしかしたら泊まらなかったのではないか、と考えたくもなった。別の駅から帰ったということもあり得る。今までも、実は泊まってはいないのではないか。すべてが思い過ごしだったのではないか。

しかし、それが虚しい願望にすぎないと自分でも分かっていた。

薄着の季節になった。

肩の線がはっきり分かるようになった。それを目にするのが苦痛だった。その肩が露わにされている光景が浮かんでしまうのだ。

約束をしていない土曜日は、今ごろは福井に行っているのではないかという疑心に苛《さいな》まれる。アパートに電話しないではいられなくなる。

実際にかけたこともあった。だが、応対した女性から「外出されているようです」と伝えられて、却《かえ》って不安が増してしまった。

一樹にとって、美春は、聖なる珠《たま》だった。かつて、それは到底手の届かぬ高みにあった。それが、今や、両手で包むことができそうなところにある。その珠が、それに価値を感じない男によって弄《もてあそ》ばれている。こうしている間にも、その珠は汚《けが》され、輝きを失ってゆく。だが、こちらはただ手をこまねいているしかない。それが情けなく、悔しく、憤《いきどお》ろしかった。

教員採用試験の勉強も苦しいものとなった。

参考書や問題集から美春の面影が立ち上がってくる。匂いさえ感じた気がして、手が止まる。狂おしい思いが襲いかかる。それでも、新しいものに買い替えようとは思わなかった。

七月下旬、そうした精神状態の中で一次試験を受けに静岡に帰った。ネクタイピンも使った。

八月の初めに、犀川で花火大会があった。

芝山の手前、一樹の部屋で暗くなるのを待つのは憚られたので、近くのバス停で落ち合って川に向かった。

路地から、揃いの浴衣を着た若い二人連れが現れた。夫婦のように見えた。

ふと、自分には、この金沢でこのような光景を演じることはできないのだという思いが湧いた。

城下町、夜、川、花火、女性、浴衣――それらの単語が一まとまりになってイメージを形作っていた。それは、ひとつの美だった。それに永久に与《あずか》ることのできないことが無性に悔しくなった。

一樹は石川県の採用試験にも出願してあった。農業を継がなくても家は継ぐというのが長男の定めだ。しかし、静岡県に落ちた場合には、やむを得ない事態だからと親を説得する理由が生まれる。ただ、石川の試験日は静岡の二次試験日と重なっていた。静岡の一次に通れば、その可能性は消滅するのだった。

堤に屋台が出ていた。綿菓子を買って、河川敷に降りた。整備された芝生が広がっている。

「わ、くっついちゃう」

美春が軽い悲鳴をあげる。口のまわりを蜘蛛の巣を取り除くようにして拭う。

「見ちゃ、だめ」

しぐさがあどけない。そうしたところと、あの男との間に起こっていることとのギャップが、一樹を惑わせる。

花火が開いた。少し遅れて、振動音が響く。空中の花はふっと消え、そこに一瞬の静寂が生じる。その静けさが胸に沁みた。どちらからともなく手をつないだ。

ロスタイムもまもなく半分が過ぎる。あと半年で、美春の心がこちらに向くことがあるのだろうか。

一方で、志摩の言葉も頭から離れなかった。

こちらを向いてくれたとしても、本当に愛し続けられるのだろうか。

また夜空が閃《ひらめ》いた。見上げる美春の横顔が赤く照らし出されて、残像として残った。

「綺麗ね……」

「……でも、もっと綺麗なのは、花火が開いた瞬間に現れて、そしてまたもとの闇に消えてしまう、きみの横顔だよ」

冗談めかしたが、実感だった。

「一瞬だから、そんな気がしただけなんでしょ」

彼女も悪戯っぽく返す。

「分かってるじゃないか。夜目、遠目、花火の間《ま》」

そんな他愛ないやりとりが貴重に思えた。

また花が開いて、再び闇が落ちる。

「……束の間だから、美しいのかしら」

すべて、と言っているように聞こえた。

からめていた指をほどいて、肩を抱き寄せた。

花火は、「時」を、過ぎ去ってゆくものとして映し出す。

この関係は不自然で、歪んだものだ。それが際どいところで微妙な均衡を保って、今までやってきた。だが、それがいつまでも続くものではないということを、二人とも薄々感じていたのかもしれなかった。

十　滝の白糸

静岡県の一次試験の合格通知が届いた。金沢に残る道は消えた。

二次試験は下旬に行われる。その折に帰省するので、盆にも金沢に留まることにした。

美春は二十日ごろまで帰っているという話だった。だが、美春の帰省には嫌な〝前科〟がある。心がざわついた。

十六日の夕方になって、不安に耐え切れず、研究室名簿を摑んで電話ボックスに向かった。少しでも躊躇《ちゅうちょ》したら思いとどまってしまう。勢いのままにダイヤルを回した。

母親らしき人が出た。正月の手紙の件を思い出し、思わず身構えた。

「杉崎……さん？」

警戒している空気が伝わってくる。

「美春はもうこちらにはおりません」

ぴしり、と音がしたような気がした。

「えっ⁉」

「研究資料を集めに東京に行くということで、昨日一旦そちらに戻りました」

やられた！

動揺を押し隠して、早々に電話を切った。血が逆流するように感じた。

あの男と一緒にいる。確信に近かった。

それでも、と思い、アパートに電話を入れた。誰も出なかった。

夏休みだ。旅行に行っているのではないか。

確かめないではいられなかった。だが、手立てがない。敵のことを、あまりに知らなすぎた。

まず、名前だ。

茶道部に知り合いはいない。東洋史ならいる。池宮だ。別れる時に多少のごたごたはあった。だが、人としてのつながりまで壊すような別れ方はしていないつもりだ。

電話番号はまだ覚えている。多少気まずくはあるが、背に腹は代えられない。

「杉崎くん？」

美春の母親とは別の警戒感が漂う。

「突然、ごめん。ちょっと教えてほしいことがあって」

「……何？」

「僕たちの二つ上になると思うんだけど、東洋史に茶道部の人、いなかった？　確か、福井の出身だったと思うけど」

「……ああ、灘本《なだもと》さんかな」

「灘本――うん、そんな名前だった気もする。で、彼の連絡先、分かる？」

「昔の研究室名簿はあるけど、そのころの下宿先と帰省先しか分からないよ」

「じゃ、帰省先だけでも教えてくれる？」

「ちょっと待ってて」

少しして、実家の住所を読み上げてくれた。若狭湾に面する、京都府寄りの市だった。

「でも、どうしたの？」

「うん……飲み屋で一緒になったことがあってね、その時に、本を紹介してもらったんだけど、タイトルを忘れちゃって……卒論で使えそうなんだけど」

「ふうん……やっぱり戯作にしたの？」

「いや、あれから、いろいろ考えて、結局、馬琴にした。『八犬伝』」

「そうなの？　なんか、その方があなたに合ってる気がする。……採用試験は？」

「うん、一次は通った」

「そぉ、おめでとう」

「そっちは――受けるの？」

「うん、一応ね」

「そうか、頑張って」

「ありがとう。あなたも、二次頑張ってね」

まだ「あなた」と呼んでくれた。嘘をついた後ろめたさは残ったが、少し元気が湧いた。

翌朝、東洋史研究室に赴いた。

ノックして入ると、奥から助手と思われる男性が出てきた。

「国文の杉崎と言います。茶道部なんですが、今、ＯＢ名簿を作成しておりまして、灘本先輩の現住所が空欄となったままなものですから、こちらでお分かりになるかと思いまして――」

「なるほど……。でも、私の方ではちょっと分からないですね」

「そうですか……」

「ただ、就職先なら一覧がありますよ」

「あ、それだけ、とりあえず教えていただけますか」

研究室を出て、学生会館前にある電話ボックスに向かった。

104を回す。学校の電話番号が分かった。

すぐに電話を入れ、やはりサークルの後輩を装って灘本の在否を尋ねた。初めに素性を明かせば、さほど疑われないということが分かっていた。ただ、念のために偽名を使った。事務員らしき女性は「動静表を確認します」と言って、「本日は休暇を取っています」と答えた。

やはり、二人は一緒にいる。

「次の出勤は、十九日です。午後から部活指導ということになっています」

訊かないことまで教えてくれた。

「あの、先輩は何を指導されているんですか。お茶を点《た》てているイメージしかないものですから」

相手は微かに笑って、バレー部の副顧問なのだと教えてくれた。専門的な指導のできる正顧問がいるということだろう。「電話のあったこと、お伝えしておきましょうか」とも言ってくれたが、丁重に断った。奇襲でなければ意味がない。

国語国文学研究室に行き、地図で高校の位置を調べてみた。福井駅から歩いて行けそうな距離だった。実家からは通えない。一人暮らしだから、自由に泊められるのだ。

その時、ドアが開いた。

鮎井助教授だった。『男はつらいよ』に出てくるタコ社長が学問を積んだような風貌をしている。一樹の父親とほぼ同じ年代だと思われる。

「おや、杉崎氏。帰省しなかったのかね」

「ええ、採用試験の二次でまた戻りますから」

「そうか、一次は通ったんだったね」

そう言って、一樹の顔を見つめてから、

「杉崎氏、ちょっといいかね？」

「え、はい、大丈夫です」

「じゃ、上で」

鮎井の後について階段を上がり、教官室に入った。

小さな応接コーナーがある。座るよう勧められた。

「週刊誌の編集に興味はないかね」

「え？」

唐突な言葉に戸惑っていると、大手出版社から出ている週刊誌の名を挙げ、

「推薦の口を、一本持っているんだよ。君は、教員にしておくのは惜しい気がするんだがね」

一樹は高校時代に新聞部で部長も務めていた。興味が全くないわけではなかった。ただ、今はそういう問題に向き合う余裕がなかった。

「静岡で生徒が待っていますから」

「そうか、残念だが、仕方がないな。万が一、採用試験がだめだったときには、また考えてくれたまえ」

では、と立ち上がろうとすると、

「何か問題を抱えているんじゃないかね」

思わず中腰のまま固まった。

また、じっと見つめてきた。

「実は、追いコンの時に、君と小枝嬢が二人で出て行くところを見たんだよ。これはできてるなとピンときたんだなァ」

学者らしからぬ用語だった。ざっくばらんに話そうというサインなのかもしれない。

「小枝嬢は、いと『らうたき』女性だからね、我こそはという男子が、教養部のころからたくさんいたんだよ」

「『らうたき』……かわいらしい、ということですか？」

「単にかわいいんじゃない。『らうたし』は『労《らう》、甚《いた》し』の変化だとも言われている。

労《いたわ》ってやりたい、庇《かば》ってやりたいという気持ちに、思わずさせられるような、弱く、はかなげなさま、可憐なさまを指すんだよ」

なるほど、美春の第一印象を的確に表している。

「しかし、一方で、彼女は、他者との関わりを拒むような空気も放っている。それで、皆、怯《ひる》んでしまって声をかけられなかったんだ。そんな小枝嬢に果敢にアタックし、心を開かせるとは、さすが杉崎氏だと感心したんだなァ」

詠嘆的な「んだなァ」が鮎井の口癖だった。

「そう思って見ると、最近の彼女の挙措には、どことなく柔らかさのようなものが出てきている。教員には向かないなと思っていたんだが、今では大丈夫だろうと感じている。それも、君の影響だったんだな」

「いえ、そんな——」

「講師の出迎えに行ってもらったことがあったね。あの時も、車があるから志摩氏に頼むことにしたんだが、出迎えは二人で行くのが礼儀だ。それで学部からも一人と考えた時に、志摩氏とうまくやれそうなのは君しかいないと思ったんだよ」

そういうことだったのか。

「ところが、この六月。駅で、君を見かけた」

「えっ⁉」

「待ち人がある風情だが、どうも動きが不自然だ。気になったのでしばらく観察していたんだよ。すると、小枝嬢が現れた。なるほどと思ったが、君は隠れたままで、ひそかに後をつけ出したではないか。これはただ事ではない、と思ったんだなァ」

鮎井には、女子高校の教員からそのキャリアをスタートさせたということもあってか、学生の私生活にも進んで関わろうとするところがあった。その独特の嗅覚が、今日の一樹の様子からも何かを感じ取ったのかもしれなかった。

個人的に目をかけてもらっているという思いもある。専門課程に上がるに際し、教授による面接が行われた。その時に「非常に優秀な学生です。いずれ、研究室長を任せたいと思っています」と口添えしてくれた。教養課程で鮎井の講義を受けた数少ない学生の一人だったからだと思われた。ただ、「研究室長」などという役割は存在しないことが後で分かった。学生の生活面には疎い教授の隙を突いてアピールしてくれたようだった。漢和辞典のレポートを依頼されたのも、そうした流れの中でのことだ。

「……ちょっと、御相談があるのですが」

「うむ、では――」

鮎井は立ち上がってドアに向かい、施錠した。

「それは……」

　鮎井は天井を仰いで、しばし絶句した。

「あの小枝嬢が、そんなことになっているとは……」

　唸《うな》りながら、腕を組んだ。

「――しかし、そういうことまで話しているわけだ。それだけ心を許しているんだなァ、君には」

　ゆっくりと一樹に視線を移し、

「それにしても、小枝嬢ほどの才女が、どうしてそんな状況に甘んじていられるんだろうか」

　また唸る。

「彼女は、自分はつまらない人間なんだ、愛される価値などないんだ、ということをよく口にします。その男に愛していると言ってもらえないからだと思うのですが」

「ふうむ……私が見てきた限りでは、それは育てられ方にも原因があるね。特に、厳しい母親の存在だ」

　昨日の電話の印象からも、しっくりくる指摘だ。

「……ただ、泉鏡花の影響もあるかもしれない。鏡花には、『義血侠血』『外科室』など、身分や立場、境遇などが違うために、この世では結ばれ得ない悲恋がたくさん出てくる。そういうものに長く接していると、感覚が麻痺《まひ》してしまう。本当は、辛く、苦しい状況のはずなのに、それが異常なことだと感じられなくなってしまうんだなァ」

確かに、一樹も美春との関係を不自然だと感じなくなっている。

「ただでさえ、自分の身に起こった出来事を小説になぞらえたり、主人公の行動をまねてみたりすることは、若いうちにはよくあることだからね」

志摩も『それから』に影響されたと言っていた。

「特に、問題は、滝の白糸だ。——読んだかね？」

「あらすじを知っている程度です」

美春の話を聞いてから、少しは調べてある。

『義血侠血』のヒロイン・滝の白糸は、北陸一の美人との評判を取る水芸人だったが、法律家を志す青年を愛するようになり、金銭的な援助を申し出る。ところが、その仕送りをめぐってトラブルが生じ、人を殺《あや》めてしまう。やがて、その裁判を担当することになった検事は、かの青年だった——。

「旅芸人の女と、法曹界をめざす青年とでは、最初から悲恋にならざるを得ない。彼女自身も、『なにも、おかみさんにしてくれと言うんじゃない。ただ、おまえさんにかわいがってもらいたいのさ』なんてなことを言っているんだからね。しかも、滝の白糸は『越後の国新潟の産にして、その地特有の麗質を備えたる』という設定なんだよ」

「新潟ですか！」

思わぬ符合に驚く。「その地特有の麗質」とは、「素質」にも重なる。

「鏡花に親しんだのは母親の影響なんだそうだ。面接で聞いたんだがね。彼女の母親は、女学校にも通っていて、文学を学びたかったらしい。ところが、家の経済状況が変わって、それがかなわなくなり、結婚させられてしまった。それで、小枝嬢には好きなことをやらせ、一人でも生活していけるように教員免許を取らせたというんだなァ。当然、良妻賢母をめざすような育て方もしてこなかったわけだ。それも思い当たるところがあるんではないかね」

マッチの件を思い出す。

「小枝嬢が習い事に異様なほど熱心だったのは知っているね」

「ええ、金沢の文化に染まってしまったと言っていました」

「華道は早くから母親が習わせたらしいが、それも花嫁修業的なことではなく、お免状の取得を考えてのことだったようだ。ただ、こっちに来てから琴とお茶に入れ込んだのは、やはり、水芸人だった滝の白糸への憧れが意識の底にあったのではないかという気がするんだなァ」

さすがにそれは馬琴的な合理化ではないかと思っていると、

「ストーリーの作り過ぎだと感じるかもしれないが、奇妙に見える行動の背後に、筋道の通った解釈を見いだしてやるのも、生徒理解の方法なんだよ」

教育者としての顔を見せた。それはそれで参考になる。

だが、なかなか本題に入ってくれないことに少しばかり焦《じ》れてきていた。

「――それから、もう一つ、どうも腑《ふ》に落ちないんだが、その男は小枝嬢のことをどう思っているんだろうか」

「気に入ってはいるけど、愛してはいないと――」

「しかし、本当にその程度のものだったら、どうして卒業時に別れなかったんだ？　面倒なことになるのは分かっているんだ。遊びのつもりなら、そこで清算するのが賢いやり方だと思わないかね」

「実は愛しているのかもしれないと？」

「君はそう考えたくはないだろうが、少なくとも、何らかの執着はあるんじゃないかな。なにしろ、あの『らうたき』小枝嬢だからね。先はないと分かっていても、捨て切れないのかもしれないよ」

だとすると、根本から考え直さなければならなくなる。

「……やはり、夕顔を思わせるな」

「いつもの場所」でのやりとりを思い出し、どきりとした。

『らうたし』は、夕顔の形容に繰り返し用いられている言葉なんだよ。はかなげで、可憐で、謎めいていて、頭中将《とうのちゅうじょう》との間に子までなしているのに、どこかあどけないところがある。それでいて、普通では考えられないようなことにも『ひたぶるに従ふ心』、一途に従う健気《けなげ》さをもっている。——これは、男心をくすぐらないではおかない。一種の魔性のようなものがあるんだなァ。源氏が、葵上《あおいのうえ》や六条御息所《ろくじょうのみやすんどころ》を差し置いて、自分でも不思議に思いつつ、とらわれていくわけだよ」

魔性——美春には似合わない言葉だ。ただ、挙げられた属性には、確かに通じるところがある。

「——さて、そこでだ」

ようやく本題に入るようだ。

「では、君はこれからどうしたらいいか、ということだが……」

目を閉じ、また天井を向いて「うーん」と唸る。

意を決したように、ぱっと瞼《まぶた》を開くと、

「確認するが、君は、小枝嬢を伴侶にしたいというほどの思いはあるのかね」

「あります」

反射的に答えていた。だが、内心ひやりとするものがあった。あの男の幻影に苦しみ続けることになるという志摩の言葉が、心の中に重くとどまっていた。

「ならば、御両親に会って、美春さんをくださいと頼みなさい」

「でも、まだ――」

「まだ彼女の気持ちがこちらに向いていないと言いたいんだろうが、それは違う。結婚は、家と家の問題なんだ。まず、両親の了解を得る。小枝嬢はそれからでもいい。親が了解すれば、本人が変わることだってある」

なじめない発想だった。返す言葉を探していると、

「納得できないかね。ならば、本当はこれが一番だと思うんだが――」と、少し言い淀んでから、

「君も早く、彼女を泊めなさい」

思わず息を呑んだ。

「そうして、あちらに一回泊まったら、君は二回泊める。二回泊まったら、四回泊める」

「そんな――――！」

叫んでしまった。

「君は純粋だから、私の言うことが、あるいは大人の汚さに思えるかもしれないが、男と女の関係とは、そういうものなんだよ。いかに小枝嬢が清楚、可憐に見えようとも、彼女も女なんだ。だから、肝心要のところで、抜け切れないんだ。それを変えていくには、数で勝るしかないんだよ」

打ちのめされたような思いだった。

だが、そんなことをしてまで彼女を得たいとは思わなかった。それはもう、一樹の求める美春ではない。

一樹の心の中には、出会ったころの美春のイメージが棲《す》みついている。彼女の口が次々に告げた残酷な事実は、その神秘の衣を一枚一枚剥ぎ取っていったはずだった。しかし、それでもまだ、今の彼女が陥っている状況の方が間違っているのだと思いたかった。あの男によって汚《けが》されているのだ。何としても脱け出させなければならない。

だが、一樹自身もキスするような関係になっている。胸のやわらかさも知っている。二人の男を好きになる自分が許せないと言っていた彼女を、二人の男とそういうことができる女にしてしまっている。

——汚しているのは、俺の方なのではないか。

考えることを避けていたその点に、向き合わざるを得なかった。

「……やっぱり、僕は、そんな関係は一刻も早く断ち切って、やり直させてあげなければいけないと思うんです」

「……君の考えは、そっちに向かってしまうわけか」

「ただ、もしかしたら、僕が身を引けば、それで済む話なんじゃないかという気もするんです。彼女が今のままで幸せだと言うんなら、放っておくべきなんじゃないかって」

そうすれば、問題はあるにせよ、少なくとも〝一人の男を想い続ける一途な女〟でいられる。

「それでも、僕は、今のままで彼女が本当に幸せになれるとはどうしても思えないんです。これは、僕の独り善がりなんでしょうか、僕のエゴでしかないんでしょうか」

「いや、それが……君の愛というものなんだから」

鮎井はそう言って目をしばたたいた。

十
滝の白糸

教官室を出て、階段を下った。

鮎井が「滝の白糸」の話を長々と続けたのは、あのようなアドバイスを最初からするのはさすがにためらわれたからかもしれない。その分、学者としての立場ではなく、一人の男として本音を語ってくれたのだ。

研究室に戻らず、そのまま外に出た。真夏の日差しが照りつけた。アスファルトからの照り返しも熱い。

自分の短い影を見つめながら歩くうちに、一樹に一つの決意が生まれた。

あの男に会う。会って、はっきりさせる。

もし、愛があるというのなら、身を引く。そうでなかったら、別れてもらう。美春と関わる男は、一人でなければならない。

ただ、無断で会うのは彼女に対する重大な裏切りだ。あの男に愛がないことが分かっても、こちらの関係も壊れるのかもしれない。それでもやらなければいけない。

刺し違える覚悟だった。

十一　覚悟

十九日。二時少し前に福井駅に降り立った。

歩いて高校に向かった。ルートは地図で確認してある。県庁所在地だから、目印になる建物は多い。迷うことなく、三十分ほどで着いた。曇ってはいたが、さすがに汗が滲んだ。

道路に面したグラウンドで野球部の練習試合が行われていた。保護者の出入りもあるので、紛れて校内に入っても大丈夫だろうと思われた。

校門を入ってすぐの駐車場に、白の7020はあった。

体育館は見えない。通用口がほかにあるかもしれないが、車がここにあるからには、校門から出るはずだ。だが、うろうろしていてはさすがに怪しまれる。道路側から野球観戦を装って校門を見張ることにした。

フェンスの外からグラウンドを眺め、時々視線を門に移す。何台かの車が出て行くのを見送った。

五時近くになって、練習試合が終わった。保護者が駐車場に戻り、出て行く。野球部の生徒たちが用具の片づけとグラウンド整備を始める。

７０２０が現れたのは五時半を回ってからだった。

車の前に飛び出して、両手を広げた。車が止まる。運転席に回ると、窓が開いた。

「灘本さんですね」

「そうですが……」

白いポロシャツの男が答えた。すらりとした優男を想像していたのだが、意外にもがっちりとした体格で、重厚感のある顔立ちをしていた。

「杉崎と言います。小枝さんのことでお話があります」

目を逸らさずに言った。

灘本は、一瞬、驚いたような顔を見せたが、すぐに、

「分かった」とうなずいた。

「飲みながらの方がいいな。後ろに乗ってくれ」

一樹は後部座席に乗り込んだ。

「僕の行きつけの店でもいいかい」

ホームグラウンドだがそれでもいいかと言っているのだろう。そのフェアな姿勢に少し好感が持てた。

先ほど歩いて来た道が窓の外に流れる。

ふっと、上空から見下ろしている感覚にまた襲われた。車内が俯瞰的に透視される。

「呉越同舟だ」などと、呑気な考えが浮かんだ。


店の横に車を置き、カウンターに座り合った。

「あの子に、君のような男がいるとは思わなかったよ。迂闊だったな」

灘本は開口一番そう言った。「男」という言葉が気になった。美春を貶めてはいけない。

「誤解しないでください。彼女は、ただ、相談相手として私が必要だったんです。……あなたが、冷たいから」

少しばかり皮肉な口調になった。

「杉崎君と言ったな。君は――？」

「国文の四年です」

「一つ下ということか。……で、あの子とは、いつから？」

「去年の九月からです」

「九月!?　もう一年になるじゃないか。その間、ずっと、僕だけ何も知らずにいたというわけか。いや、恥ずかしいなぁ」

どうも自分のプライドにばかりこだわっているように聞こえる。

「……それで、話とは？」

「彼女が何度尋ねても、『気に入ってはいるけど、愛してはいない』と答えているそうですが、本当ですか」

「ストレートに来るなぁ」と少し苦笑いのようなものを浮かべ、

「そのままの表現ではないけどな」

「どういう表現だったんですか」

「それを言えというのかい」

「言ってください」

「……『ずっとこうしていられたらいいなと思う』と言った。では愛しているのかと、さらに訊かれたから、『愛していると言う自信はない』と答えた」

確かに美春から聞いていたこととは若干異なる。

「愛という言葉は、軽々には吐けないんだよな」

そう言って一樹と目を合わせ、

「君は……相談相手とはいえ、愛しているということか？」

「……はい」

「そうか……そうだよな。そうでなきゃ、ここまで来ないよな」

灘本は少し言葉を探すような表情を浮かべてから、カウンターの果物籠にあった林檎《りんご》に手を伸ばした。

「例えば、ここに、地球がある」

林檎をライトにかざした。

「こちらから太陽の光が当たる時は、こちら側は闇に包まれる。そして——」

ゆっくりと〝地球〟を回す。

「こちら側に光が当たる時は、今度はこっちが闇の世界だ。人の心も、これと同じじゃないのかな。ある時は正しいと思ったことが、次の瞬間には疑わしくなってくる。あの子のことをいいなと思っても、少し経てば、その気持ちがどこまで本当なのか、どれだけ強いのか、いつまで続くのか、分からなくなってくる。こういうことは、むしろ君の方が専門だろうけどな」

一樹に一瞥をくれ、続ける。

「『愛している』というのは、そうしたことも織り込んだ上で、なおかつ、未来に向けた覚悟を示す言葉なんじゃないのかな。僕には、その自信がないんだよ」

「愛している」と取り繕うこともできたはずだ。そうしなかったことに、彼なりの誠実さがあるように感じた。簡単に「愛」を口にした一樹に「君はその覚悟があるのか」と質していているようにも思えた。

「でも、未亡人になったらまた付き合えるとも言ったそうですよね」

そんなことも知っているのか、と言いたげな顔を見せ、

「文脈があるんだけどな、それには。そんなふうに切り取られてしまうと、僕はとんでもない悪人になってしまう。しかし、そういう言葉を吐いたことは事実だ」

文脈——思わぬ角度から飛んできた矢に戦意が挫《くじ》かれた。

今まで、美春の話だけを聞いて、まだ見ぬ男への反感を育ててきた。それが、どういう文脈で語られた言葉なのかという吟味を欠いていた。それに、そこに、たとえ無意識にせよ、美春の被害感情のようなものが反映していなかったという保証もないのだ。

しかも、すんなりと認めたことに、潔ささえ感じられた。敵愾《がい》心が薄らいでいくのが分かった。それではいけないと、自らを叱咤《しった》して、

「彼女と結婚するつもりはあるんですか」

「結婚？　それは……ないな。君だって、そこまでは考えていないだろ？」

「いえ、できれば、したいと思っています」

鮎井の時にすでに経験している問答だ。多少の演技も交えてはっきりと答えた。

「そうか……羨ましいな」

そう言って、「セブンスター」にライターで火をつけた。

その銀色のライターを見て、思い出した。あの時、美春はこの男と比べていたのだ。

「――知ってると思うが、僕には許嫁がいるからな」

「だけど、正式の婚約はしてないし、相手は高校生だから、まだ猶予がある、と言ったんじゃないんですか」

「僕だって、あの子を手放すのは惜しいという気持ちはあるからな。もう少し付き合うことはできると言った」

「その間に状況が変わるかもしれないとも言ったんでしょ？」

「……そのようなことも、会話の流れで言ったことはある」

「その、状況の変化というのは、許嫁の解消という意味ですよね」

「いや、はっきりと何かを想定していたわけではない」

「でも、ほかに、何があり得るんですか」

「そうだな……強いて挙げれば、縁者の中から後継者が現れるとか、寺に不測の事態が生じるとか……向こうに好きな男ができるとか」

「なんですか、それは。あなたの意思は、どうなんですか」

「深刻そうなムードね」

ママがグラスを取り換えにきた。

灘本は曖昧にうなずいてやり過ごした。

「仮にだよ、本当に許嫁を解消するとなると、大ごとだよ。寺の存続に関わることだからな。檀家を巻き込んだ騒動になるし、親とも縁を切らなきゃいけないだろう。小さな町だから、地元にもいられなくなるかもしれない。そういうリスクと引き換えにしなければならない」

「……じゃ、もし、許嫁がいなかったら、どうなんですか」

「いなかったら……か」

自らの心の底を見つめるような表情になった。

「あまり意味のある仮定だとも思えないが」とつぶやくように言って、

「かわいいとは思うよ。でも、結婚相手としては、何か物足りないようにも感じてしまう。正直なところな。それに、あの子、あんまり家庭的じゃないだろ？」

かちんときた。彼女がなんだか不憫《ふびん》に思えた。

「だったら、別れてくれませんか」

「うん、そこなんだよな。彼女のことは君に任せるよと言えたら、本当は一番いいんだろうけど、そういうわけにもいかないんだよな」

「どうしてですか」

「さっきも言ったけど、僕だって彼女を手放したくはないんだよ」

「だけど、許嫁がいるんでしょ、結婚できないんでしょ」

「結婚できなかったら、付き合ってはいけないのかな」

自問しているような響きがあった。

交際と結婚は別だというのは、理屈としては理解できる。だが、初めからそのように割り切ることには抵抗がある。少なくとも一樹は、結婚を全く意識に入れない交際というものを考えることはできない。

「あの子にだって、卒業までしか付き合えないが、それでもいいかと、最初に確認してある。了解済みのはずだ」

「いえ、それは違うと思います。彼女は、本当はあなたとずっと一緒にいたいんです。できることなら結婚だってしてほしい。でも、それが叶わないから、せめて、いられるだけ一緒にいさせてもらえればいいんだと、健気にも自分を納得させているんです」

「そうなのか？」

「だから、一生結婚なんかしないと言ったり、自分には価値がないと思い込んだりしているんですよ」

「そんなこと……初耳だなぁ。なんだか……君の言っているのは、僕の知っているあの子とは違う人のことのように感じる」

「当たり前でしょ。あなたには言えないことを、私にぶつけるしかないんですから」

咄嗟にそう応じたが、少なからず動揺していた。美春のイメージに関わる問題だ。「相対化」という言葉が思い出された。

「ああ、そうか。……人は、思わぬところで、他人に迷惑をかけているもんだな。すまなかったな」

灘本は妙な素直さで受けて、グラスを口に運んだ。

「――とにかく、あの子が去って行くんだったら仕方がない。だけど、わざわざ僕の方から別れを切り出すつもりはない。判断は彼女に任せてある。別れるかどうか、それは彼女の問題だし、決めるのは彼女だ。違うかい？」

そして、さらに付け加えた。

「僕は、自分に正直に生きたいと思っている。だから、その点には自信がある。彼女も、自分の気持ちに正直に生きようとしているんじゃないのかな。それが自由ということだ。君だって、そうすればいい。僕は、君に彼女と別れてくれなんて言う資格はないからな」

言い負かされそうになった。しかし、引き下がるわけにはいかない。

「でも、彼女の選択は、あなたに左右されています。あなたの自由は彼女を支配しているんです。あなたと彼女とは、対等ではあり得ないんじゃないですか」

論旨が合っているか分からなかった。とにかく言い返さなければならなかった。

「だから、もう彼女を、いたずらに期待させるようなことはしないでください。もう……彼女を、泊めたり、旅行に連れていったり、しないでください」

灘本はしばらく黙ってグラスを見つめていた。

心のどこかに「そんなことはしていない」と否定してほしいと願う部分がまだあった。しかし、その沈黙はどちらも事実だと語っていた。

やがて、「分かった」と小さく答えた。

勘定は自分がもつと言う灘本に、割り勘にしてくれと一樹は言い張った。

別れ際に「彼女のこと、よろしくお願いします」と頭を下げた。

美春とはもう続けていくことはできない。別れさせることはできなかったが、あとは任せるしかない。

「ああ」と応じて灘本は、「また、三人で飲もうよ」と片手を挙げて見せた。

十一 覚悟

何を考えているんだ、この男は。

本当に分かってもらえたのか。急に不安になった。刺し違えるつもりが、へたをすれば犬死にだ。

帰りの列車の中で、ポケットからマッチを取り出した。

何の記念になるのかと、自らを嘲《あざけ》った。

十二　海

「お茶、飲まないか」

翌朝、階下から芝山の声がした。下りていくと、昆布茶《こぶちゃ》が用意してあった。芝山はいつもこれだった。

「昨夜、遅かったな」

「ああ、ちょっとな……」

話せば、ますます美春に対する嫌悪感を募らせることになる。

「また小枝さんなんだろ?」

黙ってうなずくしかない。

「大丈夫なのか、二次もあるし、卒論もある」

「二次は面接だけだから」

「そういうことじゃなくてさ。もう、いい加減にやめたらどうだ、ということだ。――俺はな、彼女には、どうしても女の狡さみたいなものを感じてしまうんだよ。杉崎を利用しているだけみたいでな」

「いや、それは違う。彼女は、何度も、もうやめようと言ってるんだ」

「だったら、なぜやめないんだ。なぜいつまでも一緒にいるんだ」

「それは……」

「不毛な愛でも、別れた後の孤独に比べたら、まだ居心地がいいからじゃないのか？」

反論できない。

「それは……お前の狡さなんだと思う。だから、お前たちを見ていると、なんだか不快なんだよ」

狡さ、不快——二つの言葉が突き刺さる。

「とにかく、俺は、もう応援することはできない。それだけは言っておくぞ。悪いけどな」

友情からの忠言であることは分かっている。しかし、芝山にそう言われてしまうと、孤立無援の断崖に追いやられたように思えた。

昼近くになって、美春がやって来た。最悪のタイミングだった。

「どうして会いに行ったの。あなたのこと、信じていたのに」

玄関先で詰《なじ》った。

二階に上げるわけにはいかなかった。犀川に向かった。途中、どちらも言葉を発しなかった。

河川敷に降り、川べりに並んで腰を下ろした。流れがきらきらと真珠色の光を返していた。浅瀬が快い音をたてている。雲が映っている。すべてが透明だった。季節は確実に移りつつあった。

いよいよ終わるのかと覚悟した。

「——学校、どうやって調べたの」

思いのほか静かな声だった。

「東洋史の研究室に行った」

「……名前は？」

「教養部のときの同期で、東洋史の人に訊いた」

軽く吐息を漏らしたようだった。

「何を話したの？」

「本当のところ、どういう気持ちなのか、訊いた」

「同じだったでしょ？」

「好意は持ってくれているようではあった。でも、結婚の意思はなかった」

「でしょうね」

「いいのかそれで。それでも、本当に続けていくのか？」

「いいの、分かっていたことだから」

互いに川面を見つめたまま沈黙が続いた。

「――電話があったのか？」

一瞬遅れて、

「うん……昨夜」

電話だけではない、と直感した。

灘本はあの後、呼び寄せたのではないか。そして、また泊めた。だから、美春がここへ来るのがこの時間になった。電話だけだったら、朝のうちに来たはずだ。

やはり、何も通じていなかったのだ。

「……何か言ってたか？」

「悔しい、って」

「悔しい？」

「一度、あなたとの約束があったから、誘いを断ったことがあったのよ。それに気づいたんでしょうね、一度でもあなたに負けたことが悔しい、って」

「いつのこと？」

「ずっと前よ」

そんなことがあったのかと、わずかに慰めを得た気分になる。

「――本当はね、これで何かが変わるかもしれないって期待もしたの。だから、ちょっと嬉しかった。でも……」

「変わらなかった？」

「これからどうなるのって訊いたけど、何も変わらないって……」

あの男に、一瞬でも、誠実さを感じてしまった自分の甘さを呪いたかった。

「私たちは、どうなるの？」

「もう会ってはもらえないと覚悟していた」

「そうなの？　でも、会っちゃってるわね」

美春と関わる男は一人でなければならないという考えが、何やら愚かなことに思え出した。

「……私たち、喧嘩もできないのね。お互い、よく分かってしまっているから」

このような状況を喧嘩という言葉で表現する感覚が不思議だった。ただ、互いに「よく分かってしまっている」という部分には共感できた。「愛」ではないと言われても、それに近い関わりは持てているという自信がある。それとよく似た感情は抱いてくれているという実感もある。一樹も美春も同じなのだ。それは、美春の言葉を借りれば、二人とも「片想い」ということになるのだが、だからと言って容易に諦められるはずはないのだ。そんな、悲しい共感だった。


翌日、発作が一樹を襲った。

夕食のために下宿を出た。涼しい風が撫でて過ぎた。その時、突然、ぶるっと震えがきた。悪寒とは異なる、身体の奥が疼《うず》くような感覚だった。やがて、がくがくと震え出した。立っていられなくなり、しゃがみこんでしまった。掌を地面に突いて支えた。

ようやく立ち上がれるようになり、両手で自分の肩を摑んで歩き出した。

志摩の顔が浮かんだ。歯を食いしばりながら家を目指した。なぜか、しきりに海が見たいと思った。

玄関で顔を見るなり「海が見たいんです」と言うと、理由も訊かずに「分かった」と車を出してくれた。

一連の出来事を打ち明けると、

「男の顔を知ったために、憎悪がはっきりと焦点化されたということかな。あるいは……おぬしの中で、『泊まる』ということの意味が、よりリアルに感じられてしまったのかもしれんな」

確かに、昨日、バスに乗り込む美春の後ろ姿に、生々しい情景が重なった。相手の男が、具体的な顔を持っていた。

「……ただ、おぬし、自分の姿を上空から見下ろしているような感覚があると言ってただろ。おぬしの心が、警告を発しているのかもしれんぞ。もう、限界なんじゃないのか？」

それも、どこか遠くから言われているような気がした。

内灘の海岸線と並行して走る道路には、適度の距離を置いて停めてある車の列が続いていた。

「こんな時間に男同士で来るべきじゃないな」

そう言って、海へと続く道に入った。砂浜の手前で車を止め、ドアを開けた。夜気はすでに肌に冷たく、風も強かった。

「そろそろ夏も終わるな。……吸うか？」

「ショートホープ」の箱を差し出した。身体を寄せ合い、掌でライターを囲みながら火をつける。『スケアクロウ』だ、と思う余裕が戻っていた。震えも収まっていた。

「突然、すみませんでした」

「いやいや、男二人で夜の海ってのも、なかなかイカすじゃない」

先程とは反対のことを言う。

「……すみません」

一樹は海に向かって歩き出した。

月が出ていた。星も満天にきらめいている。

波打ち際まで来て、煙草を放り投げた。赤い火が放物線を描いて消えた。

波は足元まで押し寄せては引いてゆく。

志摩を振り返ると、相変わらず車にもたれて煙草を吸っている。

波が寄せては返す。

この波ですべてを洗い流すことができたら、と思った。何もかもさっぱりと忘れて、最初からやり直すことができたら。

ぱかりと頭が割れ、そこを清冽《せいれつ》な波しぶきが通り過ぎる情景が浮かんだ。疲れ果てた脳を、白い波が洗いほぐし、浄《きよ》めてゆく――。

その時、後方から走り来る音がした。振り向こうとすると、背後からがしと抱きしめられた。

「おい、死ぬつもりじゃないだろうな⁉」

苦笑しそうになる。全く考えていなかったことだ。

だが、志摩の真剣さが身に沁みた。できないと言っていたのに、しっかり抱きしめてくれた。一人ではない、と感じた。

「まあ、座れ」

肩を押された。志摩も並んで腰を下ろした。

しばらく、ただ波の音がしていた。

「──杉崎」

珍しく呼び捨てだった。

「まだ続けるのか？」

「……はい」

「あんなことを知ってしまっても、それでもか？」

「だからこそ、かもしれません。このままにしておくわけにはいかないんです。……彼女を、彼女のあるべき姿に戻してあげなくてはいけないと思うんです」

志摩はまた煙草を取り出した。箱を向けてくれたが断った。

煙が風に流れてくる。

「……ひとつ、聞かせてくれ」

海に向いたままで言う。

「おぬしは、どうしてそこまで小枝さんに執着するんだ？」

何度も自問を繰り返してきたことだった。だが、はっきりした答えは見つからなかった。

小枝美春のような女性はもう二度と現れないだろう、そういうひとと出会ってしまったのだ、としか言えない。

「まだ、やっとらんのだろ？」

直截《ちょくせつ》的な物言いに戸惑う。

「まだ、そこまでは……」

「だから分からんのだよ」

煙草の煙がまた流れてきた。

「……ひょっとして、おぬしの中では、彼女はまだ〝神女〟のままなんじゃないのか？」

言葉を返すことができない。

「――フロムが『愛するということ』の中で、ナルシシズムによって歪められた相手のイメージと、こちらの関心や欲望とは関係なく存在しているその人のありのままの姿、その違いを理解しなければならない、と言っとる。だが、おぬしは、むしろ、現実の方をイメージに引き寄せたがっているように見える。……おぬし、イメージに殉じるつもりか？」

非難の口調ではなかったが、心の深いところに刺さった。

しばらく沈黙が続いた。

「フェアじゃないから、わしも話すが——わしが初めて彼女とキスしたときにな、お嫁に行けなくなったと泣き出されてしまってな。キスだけで、だぞ。慌てて『わしがいるじゃないか』と言うと、濡れた目を上げて『じゃ、指輪買ってください』ときたんだよ」

あの指輪の背景にはそんなことがあったのか。だが、出会って十日ほどで、そこまで進んでしまうのが志摩なのだ。

「そんな彼女も、今では、その気でいる時にはスカートを穿《は》いているんだよ。まァ、興ざめに感じる部分もないわけじゃないが、しかし、そういうところも含めて、わしは彼女が愛《いと》おしい」

それが、「ありのままの姿」で愛するということなのか。

「ただ、最近、ジーパンのことが多くてな、ちょっと気になってはいるんだが……」

最後は独り言に近かった。

志摩は煙草を波に向かって放ると、

「しかし、おぬしは自分で本当に納得がいくか、発狂するまで、やめないんだろうな。

――ならば、よし、攻めに転じよう。わしが軍師になってやる」

そう言って立ち上がり、砂を払った。

「その前に、おぬし、夕飯まだだろ？　ラーメンでも食べに行こう」


志摩は餃子も注文し、「おぬしは飲め」とビールも一本付けてくれた。

「それにしても、思い切ったことをしたなぁ。一言言ってくれれば、『御一緒、願います』と決め込んだのに」

健さんの映画にそんな場面があるのだろう。

「――しかし、もし、その男が『愛している』と言ったら、どうするつもりだったんだ？」

「それならそれで、彼女にとっては望ましいことですから」

「何を言っとる。おぬしの想いは、その程度のものなのか」

「彼女に無断で会う以上、どっちみちもう終わりだと思っていました。だから、刺し違えるつもりだったんです」

「ならば、刺せ」

餃子に割り箸を突き刺した。

「刃《やいば》には義が宿る。三島は日本刀を引っ提げて市ヶ谷に討ち入った。『唐獅子牡丹』を歌いながら、な」

三島と健さんは重なっていたのだ。

「――柳生烈堂も、大五郎の槍を自ら進んで受け止めた。己の陰謀から始まった宿怨の連鎖を、そうして終わらせたではないか」

『子連れ狼』のラストシーンだ。読んだということか。

「そういや、太宰も川端を『刺す』と言っとったな。柳刃包丁くらいなら店にあるぞ」

そう言ってから、暴走に自らブレーキをかけて、

「しかし、まァ、事件になると厄介だからな。教員にもなれなくなる。『死んで貰います』とちらつかせる程度にしとけ。そいつは、教員という立場があるから、表沙汰にはできない。こいつに関わるとやばいと思って、清算するはずだ」

餃子を口に運んで、

「教員というのが、そいつの弱点なんだよ。だから、勤務先の校長あてに投書するという手もある。あるいは、教育委員会に通報する」

「それはちょっと……」

「そう言って脅すだけでもいい。許嫁のいる身で、今の素行は、信用失墜行為に当たりま

せんかと、言葉の刃を突きつけるんだ」

　採用試験で教育法規も勉強した。公務員の信用失墜行為は懲戒処分の対象になる。しかし、それは美春のことが公になるということだ。

　すぐには応えられないでいると、

「ならば、男の両親に手紙を書くというのはどうだ。私の知り合いが、おたくの息子さんと交際していますが、結婚できないと苦しんでいます。どうか、御両親の温かい御配慮で、二人を結婚させてあげてください――と」

「それじゃ逆効果じゃないですか」

「いや、許嫁の件がある以上、それはまずいと判断して、断固二人の関係を切ってくるはずだ」

　それが兵法というものかと、感心してしまった。

「――しかし、そいつも、案外、動揺していたのかもしれんな」

「そうでしょうか……」

「普通だったら、また三人で飲もうなどとは言わんだろう。動揺しているくせに、余裕のあるところを見せようとして、おかしなことを口走ってしまったと考えられなくもない」

　意外な分析だった。ただ、プライドにこだわっていたあの男の心理として、あり得る気もした。

「あるいは、小枝さんの存在はその程度のものでしかないということかもしれんが……しかし、それならば、すぐに彼女に電話したりはせんだろう」

なるほど。確かに灘本も「手放すのは惜しい」とは思っているのだ。

「だから、実は、何らかの変化が生じている可能性もある」

そうだった。美春の言葉だけで判断しては危険なのだった。「何も変わらない」と言ったというが、その文脈やニュアンスまでは分からないのだ。

「だが、そうなると、おぬしと彼女は実際はどういう関係なんだろうかと、気になり出すかもしれんぞ。今度はあっちが妄想に苦しむ番だ。まさに、因果応報ではないか」

嬉しそうな表情を見せた。

「しかし、それも、おぬしの精神がどこまでもつかだ。……虎になる前に、わしのところへ来るんだぞ」

本気とも冗談ともつかぬ顔で言った。

その後も、しばしば震えに見舞われた。

美春が灘本に抱きすくめられている映像が襲い来る。あの白くやわらかな胸が蹂躙《じゅうりん》される。思わず叫びたくなる。頭を振っても、身体を捩《よじ》っても消えない。歯を食いしばる。志摩の言った「刺せ」という言葉がよみがえった。ぶすり。その瞬間の手ごたえを感じたような気がした。

このままでは虎になる。

本気でそう思った。

それを抑えるために、灘本の両親宛ての手紙を書いた。美春の親宛てという考えも浮かびはした。あの母親であれば、強い行動に出ることが予想された。だが、美春に直接影響が及ぶ行動は避けたかった。

文面は、志摩から助言された通りにした。幸い、住所は分かっている。

いざとなったら、これがある。これは、爆弾だ。

そう思うことで、ぎりぎりのところで精神を正常に保つことができた。

そんな中で、二次試験のために帰省した。

「どんな教員を目指していますか」

「はい。生徒の心に寄り添うことのできる教員になりたいと思っています」

「具体的には、どんなことを？」

「はい……自分が体験したことに基づいて、生徒たちのいろいろな相談に乗ってやりたいと思います」

頭に浮かんでいたのは、鮎井であり、志摩だった。

「どんな体験をしたのですか」

「青春時代に特有の、諸々《もろもろ》です」

面接官は口の端に笑みを浮かべて、それ以上は追及してこなかった。

十三　信義

「杉崎君、今からお邪魔してもいいかな」

二次試験から戻った翌日、田澤《たざわ》という大学院二回生から電話があった。志摩の一年下になるが、生え抜きではなく、東京の大学を出ている。出身も関東の方だ。

「折り入って相談があるんだ」

田澤は学部の研究室にもよく顔を出し、気軽に雑談に加わっていた。ただ、個人的な関わりはなかったので妙な気がした。

下宿の場所は見当がつくという。

そうしてやって来た田澤は、なぜか村崎を伴っていた。

研究室で二人が言葉を交わしているのは見かけたことがあった。だが、こういう状況で並んでいることには違和感があった。

聞けば、村崎から志摩とのことで相談を受けたのだという。

　彼女は、今、苦しんでいる。初めは、訳も分からず、勢いに押されてしまった。それでも、尊敬できる面があったし、話はおもしろく、やることも変わっていて笑わせてくれるので、これでいいのかなと思っていた。しかし、次第に歯車が合わなくなっていった。趣味は違うし、本や映画、音楽などの好みも異なる。飲みに行くこともない。志摩の自宅には行けないから、彼女の部屋で過ごすか、ドライブに行くことが多い。だが、その狭い空間に一緒にいることが、気詰まりだと感じられるようになった。おもしろいと感じた、一風変わった考え方や行動が、今は、怖いと思うようになってしまった。それで、別れたいと言ったが、分かってもらえなかった――。


　二人の間にもともとあった温度差のようなものが、次第に顕在化してきたということなのだろう。社会人と学生という立場の違いが生じたことも影響しているのかもしれない。いずれにしても、志摩も、本当は一樹の相談に乗れるような状況ではなかったのだ。

「……それで、僕にどうしろと？」

「君の方から志摩さんに、彼女の気持ちを改めて伝えてやってくれないかな」

　いや、それは筋が違うのではないか。やっぱり、本人同士でしっかり話し合うべきだ。

そう言おうとすると、

「志摩さんて、ああいう人だろ、彼女が何度も話を持ち出せないというのも分かるんだ。それに、恥ずかしながら、僕も、志摩さんは苦手なんだよ。だから、君しか適任者はいないと思うんだ」

村崎からも頭を下げられて、押し切られたかたちになった。たとえ理不尽だと思えるような要求であっても、面と向かって否《いな》とは言えないところが一樹にはあった。

しかし、事態は予想外の展開を見せる。

翌朝早く、再び田澤が下宿に現れた。

「昨夜、あれから、彼女を送って行ったんだけど、その時に、彼女、僕のことが好きだと言うんだよ」

以前から、尊敬と憧れの気持ちを抱いていた。ところが、ここにきて、相談に乗ってもらっているうちに、今、自分が本当に好きなのは田澤なのだと気づいたというのだ。

「でも、急にそう言われたって、困るよな。志摩さんのことだってあるし。だから、僕は何も言えなかったんだ。そしたらさ、『直接答えづらかったら、杉崎さんに気持ちを伝えておいてください』って言うんだよ。僕も、別に、嫌いだというわけじゃないんだよ。だけど、とにかく、急だもんな。今まで、そういう目で見たことなかったんだから。だから、まだ分からないって、そういうふうにうまく話してくれないかな」

どうしてそこまで関わらなくてはいけないのかと言いたかったが、成り行き上、請け負うしかないようにも思えた。志摩に伝えるという件はしばらく保留にして、まずはそちらに対応することになった。

「まだ分からないってことは、これから先、好きになる可能性もあるってことですよね。だったら、待ちます」

それが村崎の反応だった。何かに憑《つ》かれているような目をしていた。


事態はさらに思わぬ方向に転がる。

研究室に行くと、田澤が待ちかねた様子で駆け寄って来た。

「電話したら、留守だというから、来るかもしれないと思って待ってたんだよ」

外へ出るように促され、学生会館の喫茶室「ル・シャトー」に連れて行かれた。

田澤の下宿に志摩が訪ねて来たのだという。

志摩は「彼女はおぬしのことを信頼しているようだし、親しくしているということも聞いている。念のために訊くが、そこに恋愛感情は介在するのか」と質した。田澤は咄嗟に

「それはない」と答えてしまった。「ならば」と志摩は、彼女が自分から離れていきそうな不安を打ち明け、「おぬしから、もう一度考え直すよう助言してやってくれないか」と頭を下げたのだという。

「あの志摩さんがさ、手をついて、言うんだよ、『田澤君、頼む』ってね。それ見てさ、僕、ぐっときちゃってさ、『分かりました』って言っちゃったんだよ。あの志摩さんに頼まれたことが、誇らしくもあったんだと思う」

志摩らしくない行動だが、それほど追い詰められていたということなのだろう。

「だけど、志摩さんが帰って、一人になってから、急に、その時になって初めて、ああ、僕は彼女のことが好きなんだ、って気づいたんだよ。本当に、その時初めて気づいたんだよ、志摩さんには渡せない、って」

まだ分からないと言ったばかりだ。偽りの臭いがしなくもなかった。

ところが、田澤の告白には続きがあった。

「それで、居ても立ってもいられなくなって、彼女の下宿に行ったんだよ」

そこで少し言い淀んでから、

「そして……お互いの気持ちを確かめ合って……朝を迎えてしまった」

唖《あ》然とした。

村崎の心の変化は、志摩には気の毒だが、仕方がないことだと思った。田澤が自分の本当の気持ちに気づいたというのも、なんとか呑み込むことはできる。しかし、これはだめだ。それも自然な情というものなのかもしれないが、感覚的に受け容れられなかった。

「なあ、どうしよう。約束しちゃったんだよ、あの志摩さんに。どうしよう」

自業自得でしょ。刺されても知りませんよ。そう言ってやりたかった。

「志摩さんの家に出向いて、頭を下げるしかないんじゃないですか」

「無理だよ。そんなことできないよ。臆病者だと思うかもしれないけど、とてもそんな勇気はないよ」

手紙ではだめだろうか、と言う。いや、直に説明して謝罪しなければ礼に悖《もと》るし、信義にも反すると意見したが、無理だとの一点張りだった。

「明日、書いて持ってくるから、ちょっと目を通してくれよ。頼むよ、君だけが頼りなんだから」

いつの間にか、まるで田澤と結託して志摩と相対するような構図になってしまっていた。こちらの方がはるかに信義に反する状況だった。

翌朝、再び「ル・シャトー」に連れて行かれ、文面を見せられた。

僕は志摩さんに対して謝罪しなければなりません。

どうか許してください。

詳しくは杉崎君から聞いてください。


書いてあったのはそれだけだった。

「ちょっと待ってくださいよ。これじゃ――」

「頼むよ、君が間に入ってくれた方がうまくいくと思うんだよ。ね、頼むよ」

便箋を素早く畳んで封筒に入れた。シールを剥がして封をし、

「じゃ、出してくる」

逃げるように会館前のポストに向かった。

「臆病」ではありません。それは「卑怯」と言うんですよ。

その後ろ姿を見送って、一樹は一人ため息をついた。


翌日の夜、志摩が下宿にやって来た。封筒を携えていた。

炬燵に直角に座り合って、一樹は説明を始めた。

志摩は最後まで黙って聴いていた。一度も視線を合わせなかった。

話し終え、しばらく沈黙が続いた。今さらのように背信の念が込み上げた。

志摩はポケットから煙草を取り出すと、ライターで火をつけた。

やはり黙ったまま一口吸う。

やがて、「ふっ」と笑って、

「こんなかたちで役に立つとはな……」

ゆっくりと振り向き、

「おぬしには、一番辛い役目をさせてしまったな」

思わず呻きそうになった。

この状況で、その言葉が出せるのか。

「とんでもない。僕の方こそ、すみませんでした」

「おぬしが謝ることは何もないぞ」

「でも、結果的に、僕があの二人の橋渡しをしたことに……」

「それは関係ない。謝らなければならんのは、おぬしをそんな立場に立たせた田澤と、このわしだ」

まもなく、志摩は勤務校近くにアパート住まいをするようになった。不便な長距離通勤をする理由がなくなったからだが、そこには、村崎たちのいる空間から遠ざかりたいという思いもあるのだろうと思われた。

週末も実家に戻らず、一樹の下宿に顔を出すこともなくなった。

十四　秋風よ

「ね、卯辰山、行かない？」

待ち合わせの「禁煙室」に来るなり美春が言った。

「九月九日でしょ」

旧暦九月九日の重陽《ちょうよう》の節句に、中国では高い丘に登る風習があった。杜甫の「登高《とうこう》」という詩によってよく知られている。

金沢市の東にある卯辰山は、標高一四〇メートルほどの小山で、山頂の見晴台からは市街が一望できる。晴れた日には日本海も見える。バスも通っているが、歩いても登れるの
で、これまでも何度か行ったことがあった。

「あなたが卒業する時、私たち、どうなるのかしら」

山道を登りながら言う。

「このまま、何事もなく続いていって、駅で、ハイ、サヨナラだろうね」

「やめてよ、そんな言い方」

「じゃ、ほかに何がある？」

静岡に来るか？

その言葉が喉まで出かかった。

「ほんとに、そうなるのかしら……」

美春が独り言のようにつぶやいた。

「なんか……あなたがいることが当たり前になってしまっているから、想像できないのよ。いけないかな、こんなこと言っては」

「それは、俺も同じだよ」

「本当？　よかった」

実際、どうなるのだろうか。運命を司る神は、どのような差配を見せてくれるのだろうか。

中腹あたりに、道を少し逸れて進むと眺望が開ける場所がある。

眼下には、浅野川が流れている。天神橋の優美なアーチも見える。古くからある民家が軒を並べている。透明な空気の中で、釉《うわぐすり》を塗った黒瓦が独特の白い光を放っている。視線を上げれば、こんもりとした木々に囲まれた大学も見渡せる。

「――こうして俯瞰していると、あの中に私たちがいて、泣いたり、笑ったり、悩んだりしていることが、信じられない気がしない？」

「確かに……別の世界から、いや、ずっと後の世から、眺めているような感じだ」

吹き上げてくる風に髪をなびかせながら、美春はしばらく目を細めて見下ろしていた。

その横顔に、一樹は改めて「素質」という言葉を重ねた。

不意にその顔が振り向いて、

「膝枕、してあげる」

「どうしたんだ、急に？」

「嫌なら、よすけど」

「いやいや、してほしい」

美春は草の上にハンカチを敷いて横座りになった。一樹はその膝に頭を預けた。美春の顔が、秋の澄んだ空の中で薄いシルエットになっている。

美春は、慈しむような手つきで額を何度も撫で上げた。

「……あなたを独り占めしたいな」

「ずっとしてるじゃないか」

「でも、過去まではできない」

今さら何を言い出すのか。

「私、独占欲強いの。……一輪挿しにも、本当にちょっと嫉妬してるのよ」

それが本当なら、だから誕生日プレゼントを薔薇にしなかったのかもしれない。

だが、独占欲が強いのに、あの男に関しては「近くにいさせてもらえるだけで幸せだ」と自らに言い聞かせているのだとすれば、なんだか痛々しい。

「未来はすべて差し上げますよ」

ふっと笑った息が額にかかった。

美春が唇を寄せてきた。

愛する努力をまた始めてくれているようだった。変化は、むしろ二人の間に生まれたのかもしれなかった。

だが、二次試験と志摩の件を間に置いたことで、一樹の中にも別の変化が生じていた。

続けていっても、今までと同じことの繰り返しにすぎないのだ。彼女が努力してくれたとしても、結局、愛がこちらに向くことはない。美春を独り占めすることはできないのだ。

さすがに分かってきていた。

このままずるずると引き延ばしていって、卒業する時に別れるだけだとしたら、あの男と同じになってしまう。それでは、今まで自分を支えていた足元が崩れる。それに、現実問題として、これから卒論に本格的に取り組む時期を迎える。その際に、あの発作に再び見舞われたら、もはや精神がもたない。はっきりさせなければならない。会うことを減らしていって、自然に消滅するのを待つという方法もあるのだろうが、それは、二人で築いてきたものへの冒瀆《ぼうとく》だ。共に闘ってきた美春に対する信義と礼を失した行いだ。

やはり、言葉でしっかり伝えなければいけない。

「福音館」二階のカフェテラスで会いたいと美春に伝えた。あれからちょうど一年になる。ブレザーのポケットに、灘本の両親宛ての手紙をしのばせた。話の成り行き次第では必要になるかもしれなかった。

早めに到着し、窓側の席を確保した。やがて、横断歩道を渡って来る人波の中に美春の姿を認めた。行路の人の一人にすぎないように見えた。

目の前に座った彼女は、ここで会うことの意味を察したかのように、誕生日にあげたイヤリングを着けていた。ネクタイをしてくれればよかったと思った。

「……卒論、進んでる？」

「うん、なんとか」

「そう……」

薄く微笑んだ。左の頬に笑窪が浮かんだ。この比類なく美しいものを失おうとしているのだという思いが押し寄せた。

「……志摩さんたち、別れたみたいね」

「色々あって大変だった」

「あの子、今、田澤さんと付き合ってるの？」

「俺が間に立たされたんだ」

「あなたには、そういう役が回ってきちゃうのね」

「そのくせ、自分のことは何もできない」

なんとなく避けていた話題の核心に、加速度的に近づいていった。

言わねばなるまい。一樹は臍《ほぞ》を固めた。

「美春」

初めて名を呼んだ。

「もう一度、はっきりと訊いておく。……本当に、今のままで、幸せなのか」

美春は目を伏せたまま、しばらく動かなかった。

が、やがて、

「うん、幸せよ」

自ら確認するようにうなずいた。

「じゃ、このまま、待ち続けるんだな」

今度は首だけゆっくりと振った。

「分かった。それなら、俺は、もう何も言うことができない」

「……仕方ないわね、あなたに見放されても」

覚悟していたかのように、その声は落ち着いていた。

「見放すんじゃない。ただ、俺が敗れたんだ」

「……馬鹿ね、私って」

自嘲の響きがあった。だが、それは、これまでに美春から受けた言葉の中で、最も愛に満ちたものに思えた。

そう思った瞬間、未練が湧き出した。どうして、はっきりさせる必要がある。曖昧なままでもいいではないか。黙っていれば、少なくとも、今、別れなくて済む。

早くから彼女は「もう終わりにしよう」と言っていたのに、無理を言って引き延ばしてもらったのだ。それで随分苦しい思いをさせてしまった。それなのに、自分がこの先精神がもたないから終わりにしたいとは、虫がよすぎる。頼らせておいて、今さら「見放す」なんて、ひどい男だ。そんな思いも込み上げた。

だが、一樹は踏ん張るようにして、最後の言葉を口にした。

「今まで、ありがとう」

ポケットの手紙は、破って中央公園の屑籠《くず》に捨てた。

数日後、久しぶりに自炊をした。

台所に立って秋刀魚《さんま》を焼いていると、開けてあった窓の前を片瀬が通りかかった。

「いい匂いね。今日はお一人？」

芝山は午後から出かけていた。誰かと会うらしい。

「でも、本当は、もう食事を作ってくれる方がいらっしゃるんでしょ？」

「それが、いないんですよ。だから、一人でこんなことしてるんです。侘《わび》しいもんです」

「ふふ、佐藤春夫みたいですね」

にっこりと微笑んだ。

佐藤春夫には詳しくなかった。だが、おそらく秋刀魚をうたった詩があるのだろうと見当をつけた。

「ええ、まあ、そんなところです」

夜、帰って来た芝山に訊くと、「なんだ、知らなかったのか」と、詩集を渡された。

あはれ
秋風よ
情《こころ》あらば伝へてよ
――男ありて
今日の夕餉《ゆうげ》に　ひとり
さんまを食《くら》ひて
思ひにふける　と。

そんな歌い出しで始まる「秋刀魚の歌」という詩だった。佐藤春夫と谷崎潤一郎とその妻との複雑な関係を背景としているのだという。

谷崎からひどい扱いを受けていた妻を、春夫が愛してしまう。愛人もいて、すでに愛の冷えていた谷崎は妻を譲ると約束する。一緒に秋刀魚を焼いて食べるような慎ましやかな幸福が、ひととき春夫と彼女に訪れる。だが、突如気が変わった谷崎によって、約束は破棄されてしまう。春夫は、侘しく、一人でまた秋刀魚を焼く――。

その孤独と自虐が、一樹の置かれた状況によく似ていた。三角関係というのも不思議な暗合だった。

「佐藤春夫には、その女性とのことをうたった『海辺の恋』という詩もあってさ――」

一枚のレコードを取り出した。

「小椋佳がそれに曲をつけているんだ」

やがて、「こぼれ松葉をかきあつめ――」と流れ出した。

「それにしても、片瀬さんが佐藤春夫を知っていたというのはすごいな」

「うん、少しの衒《てら》いもなく、厭味も感じさせず、さらりと、まるで息をするのと同じように口から出た」

「一体どういう人なんだろうな」

学生と同じこんな場所に住んでいるのは、似つかわしくないように思えた。何か事情があって、世を忍んでいるのではないか。そんな小説めいた想像までしてしまった。

それからまもなくして、採用試験の合格通知が届いた。

十五　堕落

卒論に集中する日々となった。

当時の読者は『八犬伝』のどのようなところにおもしろさを感じていたのか。それを、わずかに残る文人の手記や馬琴宛ての書簡、明治の作家の日記などをもとに分析した。

因果応報は一種の「合理性」に関わるものだという仮説に関しては、心強い資料が見つかった。本居宣長門下の国学者が、まさに例の「竹鎗」の箇所を指して「よくも心を用ひしものかな」と絶賛していたのだ。そうした心の用い方を、一樹は「こじつけの美学」と名付けた。

また、余説として、『『八犬伝』と『子連れ狼』』という章を設けることにした。社会現象にまでなったという点や、読本と劇画が置かれている社会的地位などの点で、両者には通じるものがあるように思えた。

芝山も部屋に籠もるようになっていた。卒論は与謝蕪村だった。やはり朔太郎の影響のようだった。

共同生活を始めた時から、食事はそれぞれにとっていた。講義後や休日の過ごし方が全く別だったからだ。その習慣は、一日中部屋にいるようになってからも変わらなかった。ただ、連れ立って外に食事に出ることや、作ったものを分け合うことは増えた。美春の件で二人の間に微妙にぎくしゃくしたものが生じていたが、ようやく解消されてきていた。

ある日、芝山が、気分転換に下宿でミニコンパをやろうと言い出した。

「みんな、それどころじゃないんじゃないの？」

「だから——」と芝山が挙げたのは、三年生の女子の名前だった。最近、二回ほどデートしたらしい。

「彼女の友達も呼ぶから」

「誰だよ？」

「木内さん」

「——だけ？　それじゃダブルデートみたいじゃないか」

「でも、ちょっと心が動くだろ？」

木内なら、確かに〝デート〟も悪くなかった。

五時近くになって二人がやって来た。

酒と簡単なつまみや菓子を用意しておいたが、彼女たちは、すき焼きを作ろうと材料を携えていた。エプロンまで持参していた。

「台所、お借りしていいですか」

「もちろん、もちろん」

芝山の声が上ずっている。

この台所に女性が立つのは初めてのことだ。一樹もつい木内の後ろ姿に見とれてしまった。美春には望めそうにない光景だった。

コンパは、広い一樹の部屋で開くことにした。飲み始めると、芝山は「ねぇねぇ、これ知ってる?」と、文学に関する蘊蓄《うんちく》を矢継ぎ早に繰り出した。脈絡はなくても、次々と提供される一口知識は場を十分に盛り上げた。

一時間ほど経ったころ、芝山は「下で、レコード聴かない?」と彼女を誘った。彼女は木内の意向を尋ねたが、「私はもうちょっとここにいる」と腰を上げなかった。

加藤登紀子の『琵琶湖周航の歌』が微かに聞こえてきた。

だが、一樹には戸惑いが生まれていた。美春との閉ざされた世界に浸り過ぎて、普通の会話の感覚が分からなくなっていたのだ。

「卒論、どんなこと書いているんですか?」

木内の方が沈黙を破ってくれた。

「聞きたい？」

「はい」

ぱっと笑顔が開いた。

一樹が語り始めると、澄んだ瞳をまっすぐに向けてきた。うなずいたり、「わぁ」と声を漏らしたりした。何の懸念もなく話すことができ、それを一生懸命に聴いてくれる相手がいる。そんな快さを久しぶりに味わった。

再び沈黙がきた。

「芝山さんとは、どうして一緒に住むようになったんですか？」

また話題を振ってくれた。

「大学に入って、最初に言葉を交わしたのが芝山だったんだよ。芝山、杉崎と、名簿の順番が続いていたからね」

「あ、そうですね！」

「それからよく一緒に行動するようになったんだけど、こいつには心を許せると思ったのは、六月の終わりごろだった。二人で兼六園を散歩していて、展望台から卯辰山や医王山を眺めたんだ。その時、ふと、あの山の向こうは静岡だと思ってしまってね」

「ホームシックですか?」

「いや、実は、高校時代から付き合っていた子がいたんだけど――」

「あら」

「一年後輩にね。でも、周りが、受験から解放されて、新しい世界で青春を謳歌しようとしている中で、なんだか自分だけ出遅れているような気持ちになっちゃってね。俺には静岡に彼女がいるんだと思っても、現実には一人だったし……」

木内の目が先を促している。

「そしたら、芝山が、『あをぞらに、越後の山も見ゆるぞ、さびしいぞ――って顔だな』と言ったんだよ」

「あ、犀星」

「うん。見えている山も季節ももちろん違うけど、ぴたりと言い当てていた。こいつは分かってくれると思った。そのうちに、お互いに今の下宿の不満を口にするようになってね」

うん、というようにうなずく。

「僕はそれまで賄い付きの下宿に住んでいたんだけど、朝夕の食事は大家の家族と一緒にとるということになっていたんだ」

「わ、大変ですね」

「二限目からの講義の日も早く起きなければならないし、急に誘われても飲みに行けない。当日のキャンセルは食事代がしっかり取られたから、なんだか勿体なくてね」

「そうですよね」

「芝山の方は北溟寮《ほくめい》に入っていたんだけど、他人が勝手に部屋に出入りして、読書したり静かに音楽を聴いたりする時間がなかったらしいんだ。それに、『自分の物は自分の物、他人の物も自分の物』みたいに、買い置いたインスタントラーメンなんかもいつの間にかなくなっている。そんな寮の常識にも辟易していたんだ」

「それも大変ですね」と目を丸くして言う。

「それで、いわば、『もっと健全な生活を』と考える芝山と、『もう少し堕落したい』と思う僕とが、妙な具合で意気投合して、ちょうどその中間のような共同生活を選んだわけだよ」

「その気持ち、分かります。私も、家から通っているから、羽目を外すことなんかできないんです。門限もあるんですよ」

「何時なの？」

「十時半なんです」

「そしたら、追いコンの時に、一緒に出て行かれたから――」

　思い出した。彼女の誕生日の翌日のことだ。

「ほら、杉崎さんがお休みになっていた日に、研究室にお見えになったことがあったでしょ」

「あ、いえ……」と、木内も少し慌てた様子で、知られていないと思っていた。

　今度ははっきりと狼狽《ろうばい》した。殊更に隠そうとしてきたわけではないが、周りにはあまり知られていないと思っていた。

「……小枝さんも、よくいらっしゃるんですか」

「あ、そうだね、夜の時間に縛られなくなったのは大きいね。自由に飲みに行けるし、こうしてコンパもできるからね」

　一瞬、意味をとらえ損ねた。

「え？」

「……堕落、できました？」

　しっかりしている。ただ、あまり時間がないのが少し残念に思えた。

「ええ、九時には失礼します。来る時、バス停で時間を確認してきましたから」

「十時半……か。じゃ、コンパなんかでも、二次会はちょっと厳しいね。――今日も？」

あれを見られたのは鮎井だけではなかったのだ。

「それに、花火大会でお二人を見かけた人もいるんですよ」

「え？　じゃあ……」

「ええ、ほとんどの人が知っていると思います」

そんなことになっているとは思わなかった。

「……もう、終わったけどね」

「そうなんですか？」

「うん、いろいろあって……」

「……」

それ以上は踏み込んでこなかった。その慎みに好感がもてた。

「それより、木内さんは、どうなの？」

研究室で、彼女に好意を抱いている三年生がいることを知っていた。ハンサムで、会話も洒脱だ。着ているものも垢抜けている。

「木内さんのこと、好もしく思っている人もいるんじゃないの」

すると、わずかに目を見開いたが、その目を伏せ、

「喫茶店に誘われたことがあります」

「ああ、そうなんだ。……で、どうなの？　彼、なかなかいい男じゃない」

「……でも、私は、ポテトチップのような人より、ジャガイモみたいな人がいいんです」

「え？」

木内は伏せていた目を上げて、一樹を見た。瞳が揺れている。頬にはぎこちない笑みが浮かんでいる。

――え？

その時、下のガラス戸の開く音がした。階段を上って来る。

「入ります」と言って、障子が開いた。

「そろそろじゃない？」

木内も慌てたように腕時計を見て、

「あ、そうだね」と炬燵から立ち上がった。九時近かった。

食器類を片付けようとするので、それはいいと制した。

「俺は彼女を送っていくから、杉崎は木内さんを送ったら？」

芝山が指示するように言う。

二人は遠慮したが、芝山が「いいって、いいって。さ、さ」と背中を押すようにして外に出た。

大通りに出た所で二方向に分かれた。バスに乗るのは木内だけのようだった。

「今日は、ありがとうございました」

「いや、こちらこそ、ありがとう。久しぶりに、おなかも、心も満たされた」

「心も？」

「いつも、黙々と原稿用紙に向かっているだけだからね。話し相手も芝山しかいないし」

「だったら、よかったです」

バス停に着いた。

「バス、何分？」

「十八分です」

「じゃあ、すぐ来るね」

「……図々しいお願いしていいですか」

「ん、何？」

「もう一つ先のバス停まで、一緒に歩いてください」

じわりと快感のようなものが湧いた。

「バス、行っちゃうけど、大丈夫？」

「次が二十分後にあります。駅での乗り換えも、最終に間に合います」

「だけど、門限過ぎちゃうでしょ」

「今日は、堕落しちゃいます」

悪戯っぽい目を向けてきた。

「……じゃ、共犯になろう」

歩き始めた二人をバスが追い抜いて行った。


下宿に戻ると、芝山がコートのまま憤然たる面持ちで炬燵に入っていた。

クリスマスを一緒に過ごそうと誘ったが、黙られてしまったのだという。それで、肩に腕を回そうとしたら「そんなつもりじゃありませんでした」と泣き出したらしい。

「だけど、じゃ、どんなつもりだったんだよ」

首に巻いていたマフラーを部屋の隅に放り投げた。

「まぁ、昆布茶でも飲もうよ」

落ち着いてから話を聴いてみると、今日も、最初はレコードを聴きに来ないかと誘ったのだという。だが、少し逡巡《しゅんじゅん》を見せたので、友達も誘ってのミニコンパという提案に切り替えた。これまでも、教員採用試験の問題集をあげるなどという名目で呼び出していたらしい。

どうやら、デートだと思っていたのは芝山だけだったようだ。

また『六月の雨』を聞かされることになりそうだった。

十六　なごり雪

最後の雪の季節になった。

どうしても一年前と比べてしまう。

「スカイラウンジ」から見た雪は、闇から現れ、光の中を束の間白く舞って、再び闇の底に消えた。今思えば、それはいかにも象徴的な光景ではあったが、その時は、まだ、未来を夢見ていられた。雪の舞う武蔵ヶ辻で肩を抱いた。その道は、ときめくような未来に続いているはずだった。

しかし、今年の雪は、ただの物理的な現象にすぎなかった。目の前にある、なすべきことに没頭することで、その寂寞感を紛らすしかなかった。

木内の澄んだ瞳が浮かぶこともあった。ジャガイモとは一樹のことだったとしか思えない。勘弁してくれよと言いたくなる譬えだが、あの文脈で、あの瞳で言われると、満更《まんざら》でもない。

どうしてあのような子を好きにならなかったのか。あの子なら、まっすぐにこちらだけを見てくれたのではないか。苦しむことも、悩むこともない、明るく、健康的な世界があっただろう。

いや、まだ間に合う。卒業まで四か月ある。今のうちに何らかの意思表示をしておくべきではないか。

しかし、そう夢想するだけだった。「今はまず卒論だ」と、そんな自分を納得させていた。

提出期限は一月十日だった。残り一か月を切って、清書に取り掛かった。年内には完成する予定だった。ところが、その段階で推敲の必要も生まれて、遅れが生じ始めた。引用も多いので、そのつど照らし合わせて正確を期する必要もあった。二百枚弱という分量にも崇《たた》られた。

それでも、それは苦痛ではなかった。志摩が言ったように、そこには表現する快感が潜んでいた。

クリスマスイブも、大晦日も、炬燵に入ってひたすら原稿用紙に向かった。三が日はスーパーも開かないから買いだめをしておくようにと、片瀬がアドバイスしてくれた。

金沢で初めて迎える年越しとなった。芝山も残っていた。

十六
なごり雪

年が明けた。雪の正月だった。

芝山が「折角だから、少し気分を出そう」と言ってきた。

炬燵の上に湯呑み茶碗を出した。一升瓶を注ぐ。

「おめでとう」と、茶碗を合わせた。

「……めでたさも中くらいなりなごり雪、ってとこだけどな」

ここに至っても、美春への未練は断ち切れていなかった。ずっと後を引くだろうという予感もあった。

「連歌でもやろうか」

芝山がそんなことを言い出した。

「まず、客の杉崎が上の句を詠む。それで、亭主の俺が下の句を付けて、めでたしめでたしとなるわけさ」

「折角の、北の都の正月だからな」

一樹はそう応えて、五七五を案じた。「元日」か「元旦」は必要だ。雪も詠み込みたい。

部屋の隅には、インスタント食品や菓子類が積まれている。まるで籠城戦のようだ。そして、芝山のたたずまい……。

「――元日や雪に籠もれる貧書生」

「貧書生……これか？」

芝山は苦笑しながら、いつも着ている茶色の褞袍《どてら》を指さした。それから、しばし考えて、

「——怠惰積もりて家に帰れず」

「なるほど、うまいね」

「本当なら、年内に終わって、今ごろはスキーに出かけているはずだったんだけどなぁ」

「積もったのは怠惰だけではなく、いろいろあるだろ。煩悩とか」

「お前に言われたくないけどね」と笑って、

「ちなみに、『積もる』は『雪』の縁語なんだけどな。もっとも、朔太郎は、そんなものは末技的な趣味にすぎない、好意的に黙殺すべし、なんて言ってるけどね」と付け足した。


芝山は七日の夜に完成させると、逸《はや》る気持ちを抑えかねるように翌朝提出を済ませ、スキーに出かけた。

清書は余説の部分に入っていた。引用文献が少ないので、スピードは上がった。ラストスパートをかけていると、夜になって、ノックする音が微かに聞こえた。美春だと思った。ドアを叩く華奢な指まで見えた気がした。

開けると、やはり、肩をすぼめた美春の姿がそこにあった。

「遅くなったけど、おめでとう」

駅で芝山と偶然行き会い、陣中見舞いに行くよう促されたのだという。

「だから、はい、陣中見舞い」

「大和《だいわ》百貨店」の紙袋を差し出した。北陸の正月料理・かぶら寿司だという。

二階に上げる。心はすんなりと美春を受け容れていた。空白を感じさせなかった。

「夕食、食べたの？」

まだだった。

「じゃ、お茶いれるね。あなたは続けてて」

何度か来ているから、台所の場所は分かるという。

美春が台所に立つ。その姿を目に留めたいと思った。だが、それをしてしまうと、これが本当に最後になってしまうような気がして、こらえた。

何か手伝うことはないかと言うので、清書原稿にページ番号を書き入れてもらうことにした。

炬燵で向かい合い、誤字脱字を点検しながら数字を書き込んでゆく。済んだ下書きを整理し、煙草の吸殻や反古紙《ほごがみ》を片付ける。頃合いを見て、ポットのお湯でコーヒーをいれる。絶妙なパートナーシップだった。

夜は更けていった。

「――静かね」

美春がつぶやく。

一樹はペンを止めて耳を澄ます。

その静寂は、雪が降り出したことを示していた。

「こんな平和な気分、久しぶり……」

かつて、「あなたといると、落ち着いた、安らいだ気持ちになれる」と言ったことを思い出す。会わないでいた間も、安らかならざる日々が続いたのだろう。そんな彼女がいたわしく思える。

「なんか……時も一緒に積もっていって、このままお爺さんとお婆さんになってしまってもいい、って思っちゃう」

神女と浦島子《うらのしまこ》が、生きる世界を分かつことなく、共に齢《よわい》を重ねるもう一つの物語を想像してしまう。

不思議な穏やかさに包まれてゆく。

美春が手で口を覆って小さなあくびをした。

「……ごめん、ちょっと休んでていい？　たまったら、続きを入れるから、起こして」

炬燵板の上に両腕を重ね、そこに右の頬を載せて目を閉じた。

一度は別れたはずだった。だが、再びこうして二人でいることが自然だと感じられる。

「でも、それは愛じゃない」と彼女はまた言うだろう。だが、名前の分からない感情、名づけようのない関係でいいのだ。それが、二人で培ってきたものなのだ。

この重い確かさに比べると、ほかのどんな相手への想いも、薄く、軽いものに感じられてしまう。やはり、美春でなければだめなのだ。木内に対して迂闊な意思表示をしなくてよかった。理屈では、彼女を選んだ方が幸せになれるだろうと分かっていても、それは、一樹の求めている「幸せ」ではない。

美春が何度も「あのひとへの気持ちとは違う」と言ったことの意味が初めて理解できた。それでも愛そうと努めてくれたことを、心からありがたく思った。

寝顔を見つめる。「安らいだ気持ち」そのものが伝わってくる。

押し入れから毛布を取り出して背中にかけてやった。その肩は、相変わらず繊細にしてたおやかだった。


明け方、清書は完成した。

美春は最後の１９０という数字を、惜しむようにゆっくりと書き終えて、「終わったわね」と、ペンを置いた。

学生協の購買でコピーをとるのも手伝うと言う。「原稿を一枚ずつセットしてボタンを押すのは大変なのよ」と、経験者として力説した。

玄関のドアを開けると、やはり新雪が積もっていた。片瀬の夫のものと思われる足跡だけがついている。

バス停に向かう。ブーツの下で雪がさくさくと音を立てる。

「──そうだ、振り返ってごらん」

「え？」

足跡が離れ離れだ。

「なんだか寂しいね」

うふっと笑う美春の肩を抱き寄せる。

そのまま少し歩き、二人でまた振り返る。

「今度は完全に一緒だ」

思い出に残る最後の雪となった。


美春との関わりがそのまま復活したわけではなかった。

目の前には、卒業までの二か月半が空白のまま広がっていた。とりあえず中島敦の作品を読み始めた。泉鏡花も読んでおこうと思った。

また、学生協の「アカンサス書房」で『愛するということ』を購入しようとして、その原文が数年前に教養課程の「英語」の教材として使われたことを知った。志摩もそれで読んだのかもしれないと思うと、少し愉快な気がした。

再びめぐってきた美春の誕生日も、何事もなく過ぎた。

ところが、二月の十日を過ぎたころ、電話があった。片瀬に「久しぶりに、いつもの方よ」と言われた。

「卒業の前祝いをさせて。卒論完成のお祝いはできなかったから」

一年前の約束を美春は覚えていてくれた。場所はもちろん「スカイラウンジ」だった。

テーブルに着くと、美春はバッグから小さな赤い包みを取り出した。

「感謝をこめて」

十四日であることに気づいた。

「誰かにもらった？」

「まさか」

「よかった」

一樹が大学に入ったころから急に普及し始めたイベントだ。チョコレートをもらったこと自体が初めてだった。

あの男に届けに行かなくていいのかという考えが浮かんだ。

だが、もうそんなことに思い煩うのはよそうと思った。

「いろいろあったわね、この一年半……」

「そうだね。随分濃密な時間だった」

美春だけではない。それを軸として関係を深めた人たちがいる。また、思いがけない関わりも生まれた。すべてがこの一年半に凝縮されている。

フロア中央では、ジャズバンドによる生演奏が行われていた。『青春時代』が流れる。

この日々を、いつかほのぼのと思い返すのだろうか。「しみじみ」ではなく「ほのぼの」だという。時が経てば、そういう境地になるのだろうか。

「あなた、あれから好きな人、できなかった？」

「できるわけないだろ」

言いつつ、一瞬、木内の顔を思い浮かべた。

「俺たちのこと、研究室では知られていたみたいだしね」

「そうなの？」

「今さら、誰も相手にしてくれないよ」

「……私、あなたの可能性を、潰してしまったんだね」

「いや、そういう意味じゃない」

木内にわずかにでも傾きかけた自分を嗤《わら》っただけだ。

「ごめんなさい」

俯《うつむ》きながら言う。

「あなた、私のこと、こんなに助けてくれたのに、私は、何もしてあげられなかった」

「やめてくれよ」

「……私、あなたに、嘘ついたことだってあったのよ」

涙声だった。

「本当に、もうよせって。これは、俺が望んだことなんだから。俺はこれで幸せだったんだから」

美春はゆっくりと顔を上げて、

「あなた、よかったの、これで？　本当に、幸せだった？」

「うん、幸せだった」

「よかった。私も、幸せだった。あなたと会えて、本当に、よかった」

それから卒業まで、時を惜しむかのように、多くの時間を二人で過ごした。ただ、もはや「いつもの場所」に行くことはなかった。

それは、一次リーグ敗退が決まった者同士の消化試合のようなものだと、二人とも分かっていたのかもしれない。だが、だからこそ、ホイッスルの鳴る瞬間まで、相手に敬意を払いつつ、全力で走り抜こうとしていたようだ。

しかし、一樹はそれでもまだ、試合終了間際の奇跡をどこかで期待していた。

運命を司る神は、何かを用意してくれるのではないか。

自分は神から祝福されている人間だとは考えないまでも、ただ残酷に捨て置かれるはずはないと、根拠もなく信じている部分があった。

十七　復た還らず

三月の中旬に、静岡県の西部にある高校の校長から電話が入った。新規採用となるので来校してほしいということだった。

指定された日に赴き、その日のうちに下宿先も決めた。

一樹の思いをよそに、時間《とき》の歯車は回っていった。


志摩が下宿に現れたのは、卒業式の前々日だった。

「別れの盃を交わそうと思ってな」

だから自宅からタクシーで来たのだという。提げていた紙袋から取り出したのは「サントリーオールド」のハーフボトルだった。

「志摩さん、飲めないんじゃなかったですか？」

「男子三日会わざれば、だぜ。教員をやってると、嫌でも飲まされるしな」

だが、あれから酒に頼りたくなるような日々が続いたのだろうとも思われた。さすがに

「振られたら諦める。どこに悩む余地がある」というわけにはいかなかったようだ。少しほっとするところがあった。

グラスなどという洒落たものはない。ウイスキーも日本酒もいつも湯呑み茶碗だ。冷蔵庫にあった氷と水だけ下から運んだ。

黙ったまま、かちりと合わせた。志摩と飲む日が来ようとは思わなかった。

「──好漢も、いよいよ去るか」

「いろいろお世話になりました」

「いや、わしの方こそ、世話になった。自分のことでそれどころじゃなかったはずだが、すまなかったな」

「いえ、志摩さんこそ……」

「……あれから、どうなった？」

「何も変わらなかったです。結局」

「刺せなかったか」

「あのままだったら、本当に刺してしまったかもしれません。危なかったです。でも、志摩さんたちのことがあって、あれが、結果的に冷却材になりました」

一樹はその後のあらましを語った。

「……泊まっても何もないということが、おぬしの場合にはあり得たわけか」

「そう……ですね」

「千載一遇のチャンスだったのにな」

確かに、芝山が用意してくれた最初にして最後の機会だった。しかも、美春に関して厳しい言葉を発し続けてきた彼の最大の厚意だと言えた。

志摩は煙草に火をつけて、

「しかし、彼女にも、そうなったらそれでもいい、くらいの気持ちはあったと思うぞ」

「……葛藤が全くなかったわけじゃありません。僕が一歩を踏み出せば、何かが変わったのかもしれません」

「本当は、もっと早くに踏み出すべきだったと思うがな」

「そうだったのかもしれません。でも……やっぱりそれは、順序が違うんです」

「順序？」

「僕までがそういう関係になってしまってはいけないんです。あの男と完全に終わってからでないと、だめなんです」

志摩は黙って煙を吐いた。

「それが、イメージに殉じるということなのかもしれませんが……」

「……」

「……彼女の寝顔には、本当に安らかなものがあったんです。彼女が僕に求めていたものは、最初からこの安らぎだったんだと思いました。それを、僕がややこしいものにしてしまった。そして苦しめた。もっともっと大切にしてあげなければいけなかったんです」

「つくづく――」

だが、その先は語らなかった。

「でも、中島敦が『李陵』の中で『人間にはそれぞれその人間にふさわしい事件しか起こらない』と言ってますよね。結局、これが僕にふさわしい事件だったんです。仮に、時を遡って、もう一度やり直すことができたとしても、きっと僕は同じことをしてしまうと思うんです。僕は……このようにしか生きられなかったんです」

志摩は、しばらく黙って煙草の煙を見つめていたが、

「おぬしは……おぬしの学生時代を全うしたわけだ。空費ではなく、な」

志摩にしては珍しく最後まで真面目な口調のままだった。

ボトルが空いた。志摩も確かに飲めるようになっていたが、多くは一樹が飲んだ。

「では、さらば、とするか」

「泊まっていきませんか？　炬燵にごろ寝になりますが」

「明日も朝から会議だ。通りに出ればタクシーもあるだろ」

「ないこともないでしょうが……」

「なけりゃ、歩いて帰るよ」

ボトルに手を伸ばし、

「これ、持ち帰っていいか？」

「え？　いいですけど――」

「いや……エスキモーには理解できない行為を、わしもやってみたくなってな」

唇の端が、照れ臭さに微かに歪んだように見えた。

一樹の方もくすぐったい思いがした。

玄関ドアの前で、志摩はふと振り返って、

「そうだ、やがてわしも結婚する時がくるかもしれん。しかし、招待はしないからな。だから、おぬしも呼んでくれるな」

思い出したふうを装っていたが、言うか言うまいか最後まで決めかねていたようにも感じられた。

「いや、別の女性の横で澄ました顔をしているところなんぞを、おぬしには見られたくないんだよ」

　それから少し間を置くと、

「どうして、おめおめと故人《とも》の前にあさましい姿をさらせようか」

　芝居がかった口調で言った。李徴の台詞だった。

　志摩にとって、別の女性と雛壇に並んでいるのは「あさましい姿」としか思えないというのだろう。それほど、傷つき、引きずっているのだ。

「……ま、そんな日が来る気はせんがな」

　弱々しく笑った。

　引用とはいえ、「故人《とも》」と呼んでくれたことが嬉しかった。もちろん、厳密に言えば一樹は「古くからの友人」ではない。ただ、将来のその時点で、〝昔の恋を知っている友人〟ということにはなる。


　翌朝になって、炬燵の上の大学ノートに新しい書き込みがあることに気づいた。一樹がトイレに立った時に書いたものと思われた。

風蕭蕭兮易水寒

壮士一去兮不復還

これは『史記』だ。

「風蕭蕭《しょうしょう》として易水《えきすい》寒し、壮士一たび去って復《ま》た還《かえ》らず」――始皇帝を暗殺すべく秦に赴く刺客・荊軻《けいか》が、別れに際して詠んだものだ。

「刺す」からの連想なのだろうが、巨大な敵を刺さんとして果たせず、無残に斃《たお》れた「壮士」に、一樹を重ねたのかもしれない。志摩らしい惜別の辞だった。

二度と還らぬものは壮士だけではない。

そんな含みもあるような気がした。アリスの『帰らざる日々』を思った。

十七
復た還らず

芝山が一足早く金沢を去ることになった。四月からは群馬でやはり高校の教壇に立つ。

前夜、芝山の部屋で二人だけの送別会を開いた。荷物はすべて送ってしまってある。電灯もない。がらんとした畳の上に灰皿を置いて蠟燭《ろうそく》を立てた。

「初めて二人で飲んだ日のこと覚えているか？」

一樹が言うと、うんうんとうなずいて、

「おかしな人たちだと、ママに笑われたよな」

空腹だと酔うからと、先に食事を出してもらったのだった。

それから何度も飲んだ。この部屋でも、昆布茶や酒を飲んだ。文学や恋について語り合った。のろけを聞かされ、やがて『六月の雨』を聴いた。

三年間が丸々消えていた。

「……お前は、俺がさんざんやめた方がいいと言ったのに、とうとう最後まで貫いたよな」

批判的な調子ではなかった。

「結局、何も残らなかったけどな」

「しかし、俺にはまねができないことだ。……すごいと思うよ」

泣きそうになる。

「……十三回の恋もすごいよ。まねができない」

「そんなにあったか？」

「順に言ってやろうか」

「どうして本人より知ってるんだよ」と苦笑して、

「そうか十三回か……」

壁に火影がゆらゆらと揺れた。

不意に、芝山が叫んだ。

「四高寮歌ァ！」

卒業式では室生犀星作詞の校歌を斉唱したが、こちらを歌いたかった人も多いはずだ。

「アイン、ツヴァイ、ドライ！」

北の都に秋たけて
われら二十《はたち》の夢数《かぞ》ふ
男女《おのこおみな》の棲《す》む国に
二八《にはち》に帰るすべもなし

「二八」とは十六歳のことだ。『八犬伝』にも「二八の春を迎へしかば」という一節があった。十六歳は旧制高等学校の入学年齢だ。

これまではコンパで肩を組んで陽気に歌ってきたが、「帰るすべもなし」が、しみじみと胸に沁みた。

その夜、芝山は一樹の部屋の炬燵で寝た。三年間で初めてのことだった。

一樹が金沢を去る日が来た。

朝、片瀬に挨拶に行った。

「お元気でね。あなたたちがいなくなると、私も寂しくなるわ」

「ありがとうございます」

「芝山さんは、今度はお嫁さんを連れてきますっておっしゃっていましたよ。杉崎さんも、次に見える時は、ぜひお二人でいらしてくださいね」

「片瀬さんのような女性と、出会えたらいいんですが」

「あら」と、片瀬はきらきら輝く目を少し見開いた。

「……僕の、理想ですから」

片瀬は、志摩や芝山とはまた違った意味で、美春との日々を見届けてくれた大切なひとだ。その思いを最後に伝えるつもりでいたが、図らずも〝告白〟のような言葉が出てしまった。

「……いつもの方とは？」

「結局、だめでした」

「そう……。でも、杉崎さんなら、きっとすぐにいいひとが見つかりますよ」

何の根拠があるわけでもなかったが、その言葉は慰めとなった。

列車の時間まで、駅前の「ティーランド」で美春と過ごした。

しかし、向かい合っていても、もはや言葉はなかった。語りたいこと、語るべきことは、すでに尽くしていたのだ。

黙って見つめ合い、どちらからともなく寂しく微笑んだ。

ホントニ、ソウナルノカシラ。

いつかのつぶやきがよみがえる。実感は今もない。だが、そうなるしかないのだ。

見えないどこかで、静かに砂時計の砂が落ちていった。

これを喫《の》み終えたら出ようと、煙草に手を伸ばした。

「火、つけさせて」

ふっと笑ってマッチ箱を手渡した。

「ちょっと練習したのよ」

美春は薬指も添え、手前に向けて擦った。危なげない手つきだった。一瞬、匂いを嗅ぐしぐさを見せてから、一樹の前に差し出した。

つけ終わってから、その小さな炎の中に何かを見いだそうとするかのように、しばし指を止めた。やがて、口に寄せて小さく吹くと、火は白い煙を残して消えた。

「少し分かった気がする」

これを最後の奇跡とすべきなのだろう。

「新しい住所、教えてくれる？」

一樹はマッチの中箱を引き出し、裏にペンで書きつけた。

「今度は、電話もある」

しかし、かかってくることはあるまい。

「このマッチ箱は、いいの？」

「もう持っているから」

「……そうよね」

美春から初めて「片想い」を聞かされた場所だ。遠い昔のことのように思える。

あえて、改札口で別れた。二人とも「今までありがとう」と言った。「さよなら」はどちらも口にしなかった。

改札を通り、階段を下った。振り返らなかった。

地下通路をホームへと向かう。大切なものから一歩一歩遠ざかっているという思いが湧き出した。

突然、激しい喪失感に襲われた。空洞となった心が外から押し潰されたように痛んだ。

息ができなかった。息をすれば、泣き声が出てしまいそうだった。

美春との別れを甘く見ていたのだと悟った。

別れは、すでに経験したはずだった。しばらく会わない日々が続いた。しかし、あの間も、城下町の同じ空間に住んでいるという感覚がどこかにあったのだ。まだ何かでつながっているという思いがあったのだ。まだ、美春と共に生きていたのだ。

しかし、この通路の先には、未来には、もう美春はいないのだった。


数日後、片瀬から手紙が届いた。

そこには、「貴方の残してくださった素敵な言葉がもし本当なら、私が若いころにしてきたことは間違っていなかったんだと思うことができました。ありがとう」とあった。

「若いころ」を、彼女はどのように過ごしたのだろう。

謎のままになった。

だが、その手紙は、自分が金沢に生きていた唯一の証《あか》しのように思えた。

十八　哀しみの色

新しい環境の中で、歯を食いしばって記憶を捩じ伏せ、教員として生きていこうと努めた。美春のいない生活に慣れるための闘いだった。

ようやく一年が過ぎて、突然、美春から電話があった。

近況を伝える葉書は二通届いていたが、声を聞くのは駅での別れ以来だった。報告したいことがあるので会いに来るという。美春は春から新潟県の高校で教壇に立っていた。

天皇誕生日、新幹線の駅で出迎えた。萌黄《もえぎ》色の薄いブラウスを着ていた。静岡の明るい空の下に立つ美春は、記憶の中の彼女とはどこか微妙に違って見えた。

一刻も早く話を聞きたかったので、駅前の喫茶店に入った。

「……あなたには、知らせなくちゃいけないと思ったの」

「結婚でもするの？」

「まあ、そんなところ」

すんなり肯定されるとは思わなかった。動揺を押し隠して、

「職場の人？」

「ううん」

ゆっくりと首を振る。

「見合いでもした？」

また首を振る。

「え、まさか――」

美春は、なぜか泣きそうな目をして、

「あのひとと結婚することになったの」

愕然とした。あり得ない結末だった。

本当に許嫁を解消したのか。できたのか。リスクがあるのではなかったのか。

何か不測の事態が生じて、問題が解消されたのか。

しかし、「愛しているとは言えない」と言ったではないか。「自信はない」と言ったではないか。「物足りない」とまで言った。

本当に、彼女は幸せになれるのか。

あの母親は認めたのか。

様々な思いが押し寄せ、渦巻いた。

次にきたのは、途方もない徒労感だった。

では、あの日々は何だったのだ。何のために苦しんだのだ。こうなる定めだったのなら、すべてが無意味だった。

人は、錯覚や幻想にすぎないものを信じて、限りある時間《とき》を費やしてしまう。――かつての志摩の言葉がよみがえった。やはり、「空背」だったのだ。

結婚式は六月。彼は福井の教員を辞め、夏に新潟の採用試験を受けるという。リスクがあるというのは本当だったということか。それでも、そちらを選んだ。

あの男も、美春への断ちがたい想いに苦しんでいたということなのか。そして、ようやく、「覚悟」ができた――。

世界ががらりと反転したように感じた。

これは、あの男と彼女の物語だったのだ。

俺は、悲恋を乗り越えようとしている主人公たちに、横からちょっかいを出す道化的な敵《かたき》役にすぎなかった。いや、俺という余計な人間が加わったために、彼女を不必要に苦しめてしまったのだ。

虚しさに罪悪感が加わった。

だが――と思い至った。

彼は、俺の存在を知ってしまっている。この先、疑心暗鬼に駆られることが全くないとは言えない。それを、因果応報だと言って済ますわけにはいかない。そのために彼女が不幸になったら、どうするのだ。取り返しのつかないことをしてしまったのではないか。

「僕は、却って迷惑をかけてしまったことになるね」

「ううん」と強く首を振って、

「あなたがいてくれたから、あの苦しかった時を、過ごすことができたんだもの」

それは美春の最後の優しさだったのかもしれない。

新幹線のデッキに立った美春はすっと右手を差し出した。華奢な白い手だった。かつて何度も触れたその手を、これが本当に最後だと思いながら握った。金沢駅ではどちらも口にしなかった「さよなら」を交わした。

手を握り合ったままで見つめ合う。発車を告げるアナウンスが流れる。

不意に、美春は左手を添え、引き寄せた。

「一緒に行こ」

瞳に、また、今にも泣き出しそうな色があった。

映画『卒業』が脳裏をかすめた。

だが、その手をほどき、

「彼と、幸せになるんだろ」

両肩を挟んで持ち、向きを変えた。

そして、ゆっくりと背中を押した。

今後は年賀状のやり取りさえあってはならない。永遠の別れだった。


あれはどういう意味だったのだろうと、その後何度も考えた。

『卒業』を本気で期待したのか。土壇場になって、これで本当によかったのかという迷いが生じたのか。それとも、ふと感傷がかすめたのか。

「行くな！」と逆にホームに引き戻せばよかったのか。

「マリッジブルー」という言葉を知ってからは、あれもそうだったのかと考えたりもした。

だが、「やめとけ」と志摩に言われそうな気がした。

意味なんぞを問うてはいかんのだよ。おそらく彼女自身も分かってやしなかったんだから。謎を残して去った――いかにも小枝美春的ではないか。それよりも、もしあの白い手がなかったらどうなっていたか、と問うべきだろう。

確かに、あのまま何事もなく見送っていたら、ただ敗北感だけが残っただろう。徒労感に苛まれ続けることにもなっただろう。だが、あの白い手のおかげで、救われたのだ。自分のやってきたことは無意味ではなかったと思うことができたからだ。

そして、その手をほどき、彼女を未来へと押しやる役割を演じることで、最後の最後に、物語の主体たることをわずかに回復できたのだ。あの白い手こそ、最後に用意された奇跡だったのだ。

「しかもだよ」と志摩の声は続ける。

片道六時間以上かけて、わざわざ伝えにやって来たんだろ。普通は、せいぜい手紙だぞ。二人が過ごした時間が、育んできた信と義の絆が、そうさせたんだ。彼女の瞳に浮かんでいたのは、いつかおぬしの言った「哀しみ」の色だったのではないか——。

もちろん、誰かにそう言ってほしかっただけだ。それは志摩を措《お》いてほかにない。


志摩からは、毎年、シンプルな印刷の年賀状が届いた。自筆のメッセージはない。それが志摩らしくもあった。結婚したことは、差出人が連名になっていることで知れた。

芝山は、最初の年に教えた生徒が二十歳になるのを待って結婚した。一樹は披露宴の司会を務めた。

田澤たちも結婚して千葉に住んでいると、鮎井からの便りで知った。

マッチ箱はラベルをアルバムに整理した。八十五枚あった。

一樹自身は三十一歳で結婚した。相手は、職場の先輩の紹介によって知り合った、四歳下の英語の教員だった。

披露宴で、芝山は「季節外れですが」と前置きして『六月の雨』を歌った。

「私は、失恋する度にこの歌を聴いていました。だから、杉崎君にはそういう歌だと誤解させてしまったかもしれませんが、実は、これは小椋佳が友人の結婚式で贈った歌なのです。永遠の愛を誓う歌なのです。私も、今日、初めて本来の思いを込めて歌うことができました。杉崎、おめでとう」と締めくくった。

鮎井も来賓として招いた。「あさましい姿」は見せられないとは考えなかった。むしろ、伴侶となるひとを見てほしいという思いがあった。

鮎井は「あの当時、劇画を学問の対象として取り上げようなどと考えるのは、杉崎君くらいのものでした。今、ようやく、時代が杉崎君に追いついてきました」と誇張して祝辞を述べた。最後に、「即興ですが」と言って、新婦を「きよらに咲ける白菊の花」と讃《たた》えた自作の短歌を披露した。

この「きよら」について、鮎井はかつて講義で触れたことがある。

「きよら」は「気品があって美しい」という意味で、平安時代には第一流の美を表す言葉だった。『源氏物語』では、光源氏や紫の上など、限られた高貴な人にしか使われていない。それを承知していたはずの森鷗外は、『舞姫』で、貧しい踊り子エリスの瞳の形容にこの語を用いている。それも、初出では「青く大いなる」であったものを、後に「青く清らにて」と改めたのだ。そこには、エリスに対する鷗外の一通りでない思い入れが感じられる——。

「きよらに咲ける白菊の花」には、披露宴が十月だったということにからめて、鮎井の一通りでない祝意が込められていると思われた。

十九　あの日々

武蔵ヶ辻でバスを降りた。兼六園下まで行く予定だったが、急に気が変わった。秋の澄んだ空の下、「金沢スカイビル」がくすんで見えた。

地下街に下りた。卒業後、金沢には何回か訪れているが、この地下に入ったことはなかった。

ところが、「禁煙室」はどこにも見当たらなかった。二十年近く経っている。なくなっていても不思議はないが、場所さえ分からなくなっていた。地下街そのものが全く見覚えのないものになっている。同じ所を何度も行ったり来たりした挙句、諦めて地上に出た。

浅野川に向かって歩いてみた。だが、ここでも記憶の網に掛かってくる風景が現れない。まるで見知らぬ町のようだ。

川の近くまで来て、違和感は決定的になった。ここはT字路に近い形で、右に進めばすぐに小橋だった。それが、十字路になっていたのだ。

「いつもの場所」のあった路地が、広い道路で無残に貫かれていた。橋も新しく架かっている。道路はその向こうへと真っ直ぐに伸びている。

もっとも、それを無残と感じるのは、やはり〝旅人の発想〟というものだろう。

小橋から、上流に向かった。堤防沿いの道には石畳風のタイルが敷き詰められ、所々にレトロなガス灯が設置されていた。古い家並が入り組んでいた辺りも整然と区画整理がなされている。翳りのあったひそやかな小路がすっかり観光地になっている。赤いレンタサイクルに乗ったカップルが通り過ぎて行った。

小綺麗《こぎれい》な茶店が出来ていた。自虐的な気分で暖簾《のれん》をくぐった。品書きに昆布茶があった。芝山の顔を思い浮かべながら、団子と一緒に頼むことにした。

老女将《おかみ》に、どこから来たのかと尋ねられた。

「静岡です。昔、ここの学生だったもので」

「ほうけ、金大《きんだい》の」

「ええ、この辺りも、よく——」

歩いた。まるで道行のような思いを抱いて歩いた。対岸の灯がゆらめく川面を見つめて、結論の出るはずのない話を繰り返した。

その記憶は、今なお、かけがえのないものとしてあり続けている。

美春とのことは長く尾を引くだろうという予感が当時からあったが、その通りになった。散りゆく桜や遠くで開く花火、白く澄んだ月、空に舞う風花などを目にした折に、それらを共に見ていたかつての映像がよみがえった。淡い喪失感が胸をかすめ、そんな自分を感傷的だと恥じた。

ただ、最近になって、それが美春その人に対する思い残しとは異なったものになっていることに気づいた。

「北の都」と呼ばれる美しい城下町で、一人の女性を本当に好きになった。移りゆく季節を背景に、簡単には割り切れない、特別なつながりが生まれた。それを軸に、様々な人たちと関わり合い、それぞれの時間がしばし重なり合った。――そんな得難い日々を送ることができた幸運を、ありがたく思い返すのだ。

これが「ほのぼの思う」ということなのかと、考えたりもする。

今は、感傷も、後ろ向きの感情としてむやみに退けようとは思わない。それは、かなたの空に「あの日々」と呼べる豊かなものを持つ者だけに許された特権なのだと、むしろ誇らしく思う。

だが、そうした日々を、アルバムの台紙のように支えていた背景が変わってしまっていた。

天神橋の欄干から上流と下流を交互に見渡す。

かつて、ここにいた。ここに並んで立って、流れを見下ろしていた。

自らに言い聞かせるようにつぶやいてみた。だが、風景の変化がまるで「あの日々」そのものを消し去ってしまったかのように、少しも実感を生まないのだった。

国語国文学研究室のあった法文学部棟は跡形もなかった。

他の学部棟や学生会館もない。赤茶けた土が露出している。どこかでコオロギが鳴いている。

両側が石垣になっている坂を下る。グラウンドの向こうに、唯一残っている建物が見えた。一年半過ごした教養部棟だ。これも年内には解体される。

世界に二つしかないと言われた「お城の中の大学」は、まもなく完全に姿を消す。

平成九年秋。

元年度から始まった大学移転が完了していた。

特別に開錠されている入口から入る。薄暗い階段を上る。矢印の掲示に従って進む。たどり着いた先に貼り紙があった。

「鮎井教授退官記念講義会場」

例年、この時期に開催される学会に合わせて、今年度をもって退官する鮎井の記念講義が企画されたのだった。「お城の中の大学」で聴く最後の講義という趣向でもあった。

講義が終了した。

鮎井は潑剌《はつらつ》としていた。髪は白くなってはいたが、肌には艶《つや》がある。ますますタコ社長に似てきた。第二の人生に向けて意欲がみなぎっている様子もうかがえた。

夜には懇親会が予定されている。だが、それまでの時間を潰すあてが外れてしまっていた。研究室で同じ時間を過ごした顔が全く見当たらなかったのだ。

芝山が来られないという連絡はあった。だが、県内や富山、福井に住んでいる者は多い。誰か来るだろうと思っていた。

志摩と「久闊を叙す」ことも想像していた。志摩は、県の教育委員会に勤務していると鮎井が知らせてきていた。

さて、どうするか、と考えながら建物の外に出た。

「福音館」二階のカフェテラスはまだあるのだろうか。

犀川に足を延ばしてみようか。

あの下宿はどうなっているだろうか。

片瀬は、夫のUターンにより、今は能登に住んでいる。家業を手伝う傍ら、地域の女性リーダーとしての活動も始めたそうだ。先の石川国体では、ボランティアとして、ある競技の選手コールを担当したという。

一体どういう人なのかという思いはますます強くなった。

大学移転の話が本格化したころに、「北國《ほっこく》新聞」の特集記事が送られてきたことがあった。そこには、彼女自身の思い入れもあるような気がしたが、それが何によるものか分からなかった。

バッグを持ったままだったので、とりあえずホテルのチェックインを済ませようかと思った。

グラウンドの横に白い車が停まっていた。

近づくと、運転席のドアが開いた。中から紺のスーツを着た男性が現れた。

志摩だった。

さすがに高倉健の髪型ではない。綺麗に七三に分けている。

「お久しぶりです！」

「誰か、いたか？」

「いえ、私たちの時代の人は、誰も」

「そうか……」とうなずいて、

「今日も仕事でな」

ネクタイの端をつまんで見せた。

「休日なのに？」

「高校生の大会に顔を出してきたんだよ。教育長のお付きでな」

つまらなそうに言った。

「懇親会、出るんだろ」

「ええ」

「私もそこから出る」

「わし」ではなかった。

距離感がつかめなかった。どんな言葉、どんな態度がふさわしいのか、測りかねた。

「あの日々」において、志摩は特別な位置を占めている。その関わりが、今の自分をつくっているという実感がある。また、マンガを活用した授業の試みや「叙述に即して読む」という授業実践が評価されて、一樹も今年度から県教育委員会の指導主事に任じられている。そんな報告もしたかった。

だが、はたして、志摩はどうなのだろう。

「荷物を一度置きに行くんだろ。送るよ」

「ありがとうございます」

助手席か後部座席か迷っていると、志摩が隣を手で示した。

乗り込んだが、エンジンをかけただけでスタートさせない。石垣の上の辺りを見上げたままだ。建物が取り壊され、空がやけに広く見える。

「新しい大学には行ってみたか」

「いえ。……もう、別の大学ですから」

「……『ろまんちつくの少年』は、もう現れないな」

その瞬間、ふわりと時間《とき》が還《かえ》った。

「どこか行きたい所はあるか」

「……あの下宿は、まだあるのかな」

「あるよ」

ぼそりと言った。

——そういうことか。

「行くか？」

「いえ、あればいいんです。じゃあ……海が見たいです」

「また、悩んでいるのか？」

「言ってみただけです」

志摩はふっと唇の端に笑みを浮かべて、

「よし、では、卯辰山に行こう。町が俯瞰できる」

知っています。

志摩がギアをドライブに入れた。

終　章

令和五年五月。

杉崎一樹は妻と北陸を旅した。

ようやく行動制限が緩和され、退職後どこにも行けないでいた妻にせっつかれたのだった。「久しぶりにあなたも行ってみたいでしょ」と、金沢を選んだのも妻だった。すっかり外出を億劫《おっくう》がるようになっていた杉崎に、腰を上げさせる作戦だったのかもしれない。「ならば、能登にも回っていいかな」と、杉崎は自分の希望を伝えた。


鮎井の退官記念講義以来だった。新幹線の開通もあり、駅や駅前の風景は一変していた。高層ビルが林立している。

バスの窓に、風景がよそよそしく流れてゆく。不意に、新しい建物の陰から「金沢スカイビル」が現れた。未来の塔を思わせたビルが、歴史的建造物のように見えた。

中央公園がリニューアルされて「いしかわ四高記念公園」になったことは知っていた。

「福音館」のあった一帯も再開発工事がなされたようだ。「兼見御亭」も閉業したという。このビルが残っているのはむしろ不思議だった。

大学跡地は「金沢城公園」として整備が進み、門や櫓《やぐら》、長屋などが復元されていた。グラウンドや教養部棟のあった場所は、芝生で覆われた広場と化していた。ここに大学があった時代が丸ごと消し去られている。それでいて、「城跡」の陰翳《いんえい》はどこにもない。すべてが新しく、ただただ明るい。ここまでくると、むしろ清々《すがすが》しいほどだった。

妻は、曇りでも紫外線は出ているからと、午中日傘を持ち歩く。差しているのは妻だけだった。だが、光に満ち、緑溢《あふ》れる新しい公園に、UVカット一〇〇%の白い日傘はよく似合った。

兼六園に行く。六十五歳以上は無料だった。自分の分だけ支払った妻が「また無料に戻ったじゃない」と愉快そうに言った。

翌日、レンタカーで能登に向かった。

能登地方では、先ごろ、強い地震があった。幸い片瀬の家に大きな被害はなかったと聞いていたが、観光がてら見舞いに伺いたいと伝えてある。卒業時の約束を、そんなかたちでひそかに果たそうと考えたのだった。

片瀬の友人の店だというカフェで待ち合わせた。『コーヒーショップで』という歌が思い出された。

四十四年ぶりの再会だった。


「本当に素敵な方ね」

運転を交代した妻が、ハンドルを握りながら言った。

「でしょう！」

「あなたが自慢することじゃないでしょ」

しかし、やはり自慢だった。

会話の断片をつなぎ合わせれば、片瀬は金沢の生まれで、「お城の中の大学」に本部職員として勤めていた時期があったのだそうだ。移転は決して他人事ではなかったのだ。だが、工業高校の建築科出身で、施設課というところで「図面をかいていた」のだという。そのプロフィールが、「佐藤春夫みたいですね」とうまく結びつかない。むしろ、イメージは拡散していくばかりだ。

ただ、工業高校で建築を学ぶ女子など、当時はごく稀だったはずだ。そういう志をもっていたこと自体に、彼女の「若いころ」のありようがしのばれる気もした。

帰ったら芝山にメールしようと思った。

志摩には、毎年この季節になると新茶を送るようにしている。

お返しに「大和《だいわ》香林坊店」から小包が届く。

中はいつも「中田屋」のきんつばだ。

あとがき

文学のおもしろさを語りたい。感動を分かち合いたい。

高校の国語科教員を志した時には、そんな若い思いが胸にあったことを覚えています。しかし、四十歳で現場を離れた上に、中高交流人事や大学派遣を経験したため、実際に高校の教壇に立っていたのは十四年間でした。初任時から給料の大半を費やして集めた教材研究用の資料は、書棚で虚しく埃をかぶっていました。それらを見るたびに、心の中にくすぶっているものがあることを感じていました。

それが、前作『サンチマンタリスム』（文芸社２０２０）に取り掛かった根本の動機でした。

青年教師・杉崎が、一人の女子生徒から芥川の『羅生門』に関する疑問を投げかけられる。そこから、いわば彼女一人を相手にした課外授業が始まる。そんなストーリーでした。「くすぶり」を、杉崎を借りて解消しようとしたわけです。書いていくうちに思いついたことも多く、新たな資料を取り寄せ、「語りたい」内容もふえていきました。

また、いわば物語の必然として、二人の間に芽生えた想いのゆくえを追うことにもなりました。

しばらくして、その「くすぶり」がまだ消えていないことを自覚しました。

次に取り上げるとしたら、中島敦の『山月記』でした。この小説には、高校の実際の授業で常に問われる〝謎〟が存在します。これを機に、改めて向き合ってみようと思いました。『羅生門』は高校一年生の、そして『山月記』は二年生の教科書の定番で、ともに「国民教材」とも呼ばれています。バランス的にもふさわしいものでした。

学生時代の杉崎が、前作にも登場していた『先輩」に導かれながら、その謎解きに取り組む。今度は「先輩」が教師役です。その後、様々な出来事を通して二人の結びつきが深まってゆく。そんな構想を練りました。

前作が「謎＋恋愛」だったので、今度は「謎＋友情」にしようとしたわけです。前作同様に、前半部の文学的考察が、伏線のように後半部につながり、「文学と人生が交錯する」こともねらいました。

前作で「先輩」が登場したのは、杉崎が学生時代の恋愛について語る場面です。そこでの「先輩」は、杉崎に助言をしつつ見守るという存在でした。今回、二人の関わりを描くからには、やはり、その恋愛を中心に据えるのが自然でした。

同じ題材を扱うことにはためらいもありました。しかし、前作では、回想としてあらすじ的に触れただけでしたから、異なる枠組みの中で、細部の描き込みを行い、多くのエピソードを加えていくことで、別の物語になるのではないかと考えました。

「先輩」自身の恋も新たに盛り込みました。そして、それぞれが抱え込んだ問題に関わり合うことになり、二人の時間がしばし重なってゆく、という展開にしました。

令和四年の五月、久しぶりに金沢を訪れました。すっかり整備された城内を歩いているうちに、「還らざるものと、なお残るもの」というフレーズが浮かんできました。その時点で原稿はほぼ完成していたのですが、恋や友情をテーマに含みつつ、それらを包んだ大きな流れのようなもの、それをこそ語りたかったのだと気づきました。その結果、現在のかたちとなりました。

前作における『羅生門』の課外授業は全くの創作ですが、国語の教員という設定上、杉崎には少なからず私自身を投影していました。しかし、それによって、万が一にも私の周辺に迷惑が及んではいけないので、年齢設定を二歳ずらし、具体的な地名は一切示さず、学校名も架空のものを用いました。ちなみに、県名は「S県」としましたが、該当する県は五県あり、最も匿名性が高いのだそうです。

本作では、背景が金沢であることを明らかにし、大学名や店名なども実在もしくは実在したものを登場させています。これは、「時の流れの中で、還らざるものと、なお残るもの」を描く上で不可欠でしたし、「ろまんちっく」というタイトルにとっても必要なことだったからです。

場所を明示したことで、少し厄介な問題も生じました。天候という歴史的事実の扱いです。ネットで調べれば、過去のその日の金沢の天気が確認できます。しかし、それには必ずしも従っていません。特に、杉崎たちが過ごす最後の正月は、実際には雪がなかったようですが、ここではどうしても雪を降らせたかったのです。

なお、実在の大学や研究室を舞台にしてはいますが、本作もあくまでもフィクションであり、登場人物はすべて架空のものです。

はるか五十年の昔、北の都で出会ったすべての方々に感謝申し上げます。とりわけ、歌のごとく道に迷っているばかりだった私を支え、導いてくださった影山久茂君、小柴亘君、塩泰尚さん、故・島田昌彦先生、下西善三郎さん、高島要さん、竹田妙子さん（五十音順）に対しまして、厚く御礼申し上げます。

皆様との出会いが、「あの日々」と呼べるものを私に残してくれています。その思いは、この仮構の物語に少しばかり反映させたつもりです。

最後に、お世話をいただきました株式会社パレード出版部の下牧しゅう様、深田祐子様にお礼を申し上げます。

追記

本作は、主人公が、令和五年五月に能登で起こった地震の見舞いを兼ねて、学生時代の恩人と再会するところで終わります。ところが、その校正段階で、「令和六年能登半島地震」が発生しました。私自身にとって大切な人たちの中にも、被災された方々がおられます。そうした現実を前にして、いかにも不適切なエンディングのように思えてきました。

それでも、この震災の先にも、多くの皆様に「なお残るもの」があってほしいという祈りを込めて、仮構世界としてはそのままのかたちでいくことにいたしました。

1　本文の引用について

・『山月記』本文は角川文庫『李陵・弟子・名人伝』（昭和五十二年　改版十五版）に拠りました。ただし、送り仮名と振り仮名に関して、筆者の判断で加除した箇所があります。なお、「隴西」の読みは「ろうせい」としました。

・漢和辞典については、登場人物の設定に関わることを考慮し、固有名詞の記載は避けましたが、引用したのは次の三書です。いずれも昭和五十一年当時に手にすることのできる版に拠りました。

『新釈漢和辞典』（明治書院）
『新選漢和辞典　改訂新版』（小学館）
『新漢和辞典』（大修館書店）

2　参考にした主な資料（右に記したものを除く）

①『山月記』関係

・『中島敦『山月記』作品論集』勝又浩・山内洋編　クレス出版
・『中島敦研究』中村光夫・氷上英廣・郡司勝義編　筑摩書房

・『中島敦論　「狼疾」の方法』鷺只雄　有精堂
・『分析批評入門』川崎寿彦　至文堂
・『小説の力　新しい作品論のために』田中実　大修館書店
・『鑑賞日本現代文学　梶井基次郎・中島敦』濱川勝彦編　角川書店
・『Spirit　中島敦　作家と作品』勝又浩編著　有精堂
・『高等学校国語科教育研究講座　第三巻』増淵恒吉・小海永二責任編集　有精堂
・『「山月記」はなぜ国民教材となったのか』佐野幹　大修館書店
・『中島敦全集』ちくま文庫
・『ちくま日本文学全集　中島敦』筑摩書房

②その他

・『日本近代文学大系　泉鏡花集』村松定孝解説　朝田祥次郎・三田英彬注釈　角川書店
・『小林多喜二全集』新日本出版社
・『小林多喜二』手塚英孝　新日本出版社
・『芥川龍之介全集』（全十二巻版）岩波書店
・『芥川龍之介未定稿集』葛巻義敏編　岩波書店
・『日本文学研究資料叢書　芥川龍之介Ⅰ』有精堂
・『森鷗外「舞姫」諸本研究と校本』嘉部嘉隆編　桜楓社

・『日本の詩歌　佐藤春夫』吉田精一鑑賞　中央公論社
・『講座　源氏物語の世界　第一集』秋山虔・木村正中・清水好子編　有斐閣
・『よみがえる浦島伝説　恋人たちのゆくえ』坂田千鶴子　新曜社
・『恋する伊勢物語』俵万智　筑摩書房
・『小説伊勢物語　業平』高樹のぶ子　日本経済新聞出版
・『夕顔の恋　最高の女のひみつ』林望　朝日出版社
・『日本人の心の歴史』唐木順三　筑摩書房
・『愛するということ』エーリッヒ・フロム　懸田克躬訳　紀伊國屋書店
・『浅の川暮色』五木寛之　文藝春秋
・『五木寛之の金沢さんぽ』五木寛之　講談社
・『四季との語らい　金沢そして能登』室生朝子　主婦の友社
・『町人文化の開花』板坂元　講談社現代新書
・『伊勢物語　全訳注』阿部俊子　講談社学術文庫
・『古事談』源顕兼編　伊東玉美校訂・訳　ちくま学芸文庫
・『南総里見八犬伝』曲亭馬琴　小池藤五郎校訂　岩波文庫
・『それから』夏目漱石　角川文庫
・『侏儒の言葉　西方の人』芥川龍之介　新潮文庫

・『文芸的な、余りに文芸的な』芥川龍之介　講談社文庫
・『恋愛名歌集』萩原朔太郎　岩波文庫
・『王朝文学論』中村真一郎　新潮文庫
・『カナダ・エスキモー』本多勝一　講談社文庫
・『風に吹かれて』五木寛之　新潮文庫
・『小椋佳　いたずらに』小椋佳　新潮文庫
・『言語』昭和50年4月号　大修館書店
・『ヤングコミック』昭和51年12月22日号　少年画報社
・『小林多喜二』（映画パンフレット）多喜二プロダクション
・「金沢大学五十年史部局篇」金沢大学五十年史編纂委員会　金沢大学学術情報リポジトリKURA（https://kanazawa-u.repo.nii.ac.jp）

◎プロフィール

奥山和弘（おくやまかずひろ）

1954年静岡県藤枝市生まれ。金沢大学法文学部卒業。
元静岡県立高等学校教員。公益社団法人日本漫画家協会会員。

著書

『「男だてら」に「女泣き」』（文芸社2003）
『ジェンダーフリーの復権』（新風舎2005）
『モモタロー・ノー・リターン&サルカニ・バイオレンス』（十月舎2011）
『このこいをつかまえて』（文芸社2014）
『サンチマンタリスム』（文芸社2020）

ろまんちつく

2024年4月23日　第1刷発行

著　者　奥山和弘

発行者　太田宏司郎
発行所　株式会社パレード
　大阪本社　〒530-0021　大阪府大阪市北区浮田1-1-8
　　TEL 06-6485-0766　FAX 06-6485-0767
　東京支社　〒151-0051　東京都渋谷区千駄ヶ谷2-10-7
　　TEL 03-5413-3285　FAX 03-5413-3286
　https://books.parade.co.jp
発売元　株式会社星雲社（共同出版社・流通責任出版社）
　　〒112-0005　東京都文京区水道1-3-30
　　TEL 03-3868-3275　FAX 03-3868-6588
装　幀　藤山めぐみ（PARADE Inc.）
印刷所　創栄図書印刷株式会社

ISBN 978-4-434-33711-6　C0093